大家小书

北宋词境浅说

俞陛云 著

北京出版集团公司
北京出版社

图书在版编目（CIP）数据

北宋词境浅说 / 俞陛云著 . — 北京 ：北京出版社，2016. 7

（大家小书）

ISBN 978-7-200-12077-6

Ⅰ. ①北… Ⅱ. ①俞… Ⅲ. ①宋词—诗词研究—北宋 Ⅳ. ①I207. 23

中国版本图书馆CIP数据核字（2016）第076989号

总策划：安　东　高立志　　　责任编辑：乔天一

· 大家小书 ·

北宋词境浅说

BEI SONG CIJING QIANSHUO

俞陛云　著

*

北京出版集团公司
北京出版社　出版

（北京北三环中路6号　邮政编码：100120）

网　址：www.bph.com.cn

北京出版集团公司总发行

新华书店经销

北京华联印刷有限公司印刷

*

880毫米×1230毫米　32开本　6.5印张　106千字

2016年7月第1版　2023年2月第4次印刷

ISBN 978-7-200-12077-6

定价：34.00元

质量监督电话：010-58572393

序　言

袁行霈

“大家小书”，是一个很俏皮的名称。此所谓“大家”，包括两方面的含义：一、书的作者是大家；二、书是写给大家看的，是大家的读物。所谓“小书”者，只是就其篇幅而言，篇幅显得小一些罢了。若论学术性则不但不轻，有些倒是相当重。其实，篇幅大小也是相对的，一部书十万字，在今天的印刷条件下，似乎算小书，若在老子、孔子的时代，又何尝就小呢？

编辑这套丛书，有一个用意就是节省读者的时间，让读者在较短的时间内获得较多的知识。在信息爆炸的时代，人们要学的东西太多了。补习，遂成为经常的需要。如果不善于补习，东抓一把，西抓一把，今天补这，明天补那，效果未必很好。如果把读书当成吃补药，还会失去读书时应有的那份从容和快乐。这套丛书每本的篇幅都小，读者即使细细地阅读慢慢地体味，也花不了多少时间，可以充分享受读书的乐趣。如果把它们当成补药来吃也行，剂量小，吃起来方便，消化起来也容易。

我们还有一个用意，就是想做一点文化积累的工作。把那些经过时间考验的、读者认同的著作，搜集到一起印刷出版，使之不至于泯没。有些书曾经畅销一时，但现在已经不容易得到；有些书当时或许没有引起很多人注意，但时间证明它们价值不菲。这两类书都需要挖掘出来，让它们重现光芒。科技类的图书偏重实用，一过时就不会有太多读者了，除了研究科技史的人还要用到之外。人文科学则不然，有许多书是常读常新的。然而，这套丛书也不都是旧书的重版，我们也想请一些著名的学者新写一些学术性和普及性兼备的小书，以满足读者日益增长的需求。

“大家小书”的开本不大，读者可以揣进衣兜里，随时随地掏出来读上几页。在路边等人的时候，在排队买戏票的时候，在车上、在公园里，都可以读。这样的读者多了，会为社会增添一些文化的色彩和学习的气氛，岂不是一件好事吗？

“大家小书”出版在即，出版社同志命我撰序说明原委。既然这套丛书标示书之小，序言当然也应以短小为宜。该说的都说了，就此搁笔吧。

俞陛云释词“义”和“趣”

马东瑶

俞陛云（1868—1950），浙江德清人，字阶青，别号斐盦、乐静、乐静居士，晚号乐静老人、存影老人、娱堪老人，室名乐静堂、绚华室，近代知名学者、诗人，是清末经学大师俞樾之孙，现代著名文学家俞平伯之父。

《唐五代两宋词选释》是俞陛云编撰的著名唐宋词选本，曾以《唐词选释》《五代词选释》《南唐二主词辑述》与《宋词选释》为题陆续发表；这次前三种以《唐五代词境浅说》为名，第四种折分为《北宋词境浅说》与《南宋词境浅说》，分别收入“大家小书”。这个选释，或者两种词境浅说，共收唐词二十三家，六十首；五代词二十五家，一百八十三首；宋词七十二家，六百六十六首。合计词人一百二十家，词九百零九首，非常丰富。

本书有着鲜明的选编特色，按俞陛云在《五代词选释·序》中所说，在于“申其义而畅其趣”。以下将就其“义”和“趣”略作申述。

俞陛云认同张惠言“寄托”说，在唐和五代词选释的两篇序中，都强调了词人“以曼辞俳体寓其忠笃悱恻之思”的特色；于具体的词作阐释中，也每每知人论世，着意申发作者翠帘红袖的书写背后的家国之思、怨悱之旨和黍离之叹。如唐代选温庭筠词最多，共十三首，又以《菩萨蛮》四首为首，在词后释读中，俞陛云指出：“张皋文云‘此感士不遇也’，词中‘青琐金堂，故国吴宫，略露寓意’，其言妆饰之华妍，乃‘《离骚》初服之意’。”不同于将温庭筠词多归于“应歌之作”的现代阐释，俞陛云将温词纳入了诗歌史的香草美人引类譬喻系统。俞氏又选张志和《渔歌子》词五首，释之曰：“自来高洁之士，每托志渔翁”；“观其每首结句，君子固穷，达人知命，襟怀之超逸可知。”在五代词中，则选冯延巳词五十首、李煜词二十七首、韦庄词十六首，同样以君国之思阐发之。如评冯延巳：“南唐末造，冯蒿目时艰，姑以愁罗恨绮之词，寓忧盛危明之意耳……旨隐而词微，其忧危之念，借词以发之。”选李煜词虽不及冯延巳多，但据王仲闻《南唐二主词校订》，李煜现存词共三十三首、附录二十首，则俞本二十七首的选目已过半数。多选李煜词，同样是因其以词抒写遭逢亡国的哀思绮恨。

在两宋词中，与现代阐释的最重苏轼、辛弃疾、李清照等不同，俞陛云选词最多的是周邦彦六十五首、张炎六十首、吴文英五十四首、贺铸四十二首，另有王沂孙、周密、史达祖等选词都在三十首以上，与苏、辛不相上下。这些词人中，除了周邦彦是俞陛云在艺术上最为看重的格律派之祖（书中引夏孙桐语将之视为“与史迁之文、杜陵之诗同为古今绝作，无与抗手者”的“词中之圣”），其他多为南宋中后期乃至易代之际的作家，俞氏每每叹息于词中的君国之思、黍离之感，其中或许有着他历经清朝覆灭、民国变乱、日人侵华等种种遭际的切身体会吧。如俞氏选遗民词人张炎的词共六十首，为南宋之冠。张炎推赏姜夔词的“清空”“骚雅”，自身词作亦多有此特色。俞陛云也提到：“玉田与姜白石齐名，世有姜张之目。”然而姜夔存词八十余首，俞氏只选了二十二首，张炎存词一百五十首，俞氏选词六十首，显然更重玉田。且他在词后释读中称张炎“佳句尚多，附录于后”，又选录了张炎十六首词中的句子，对张炎可谓格外偏爱。其缘由，除了艺术上的“雅丽”，恐与张炎词的君国之思、黍离之感有莫大关系。

至于“趣”，则是艺术表现上的佳妙之处。俞氏虽重视词中“寄托”，却并不拘泥于此，指出：“亦有返虚入浑，以无寄托为高者。”综观俞氏的词序与选释，既能在具体作品的品评中分析章法、句法和词境，将不同词家的个性风貌简语道出，又体现出对词史发展的总体把握。如俞氏论唐词，“群奉瓣香于两宋，而唐贤实为之基始”；论五代词则曰：“承六朝乐府之余响，为秦、黄、欧、晏之传薪，其文丽以则，其气高而浑，卓然风人之正轨也”；“嗣响唐贤，悉可被之乐章，重在音节谐美，不在雕饰字句。而能手作之，声文并茂。”指出两宋词是词史上最繁盛的时期，而其奠基则在唐代，再往上追溯，则是六朝乐府，从而将词史归于大诗歌史，体现出对词的“尊体”态度。另一方面，俞氏则颇有“崇古”之意，他虽欣赏南宋格律词的精深华美，却又往往赞叹唐五代词的“格高气盛”“调高意远”，称其音节谐美，浑然天成，将之树为词的高标。

俞氏在具体作品的探讨中，亦往往贯穿其词史观，注意词在不同时期、不同作家笔下的发展流变。如评李珣《南乡子》八首：“咏南荒风景，唐人诗中以柳子厚为多。……荔子轻红，桄榔深碧，猩啼暮雨，象渡瘴溪，更萦以艳情，为词家特开新采。”指出李珣词题材内容上的新变。俞氏还常在与诗的比较中凸显其词体意识。如评吴文英《满江红·淀山湖》曰：“‘疏钟’二句极有疏隽之味，是词句，非七律中句，且系宋人佳咏，非唐人风格。”其中不仅涉及词与诗的文体差别，更涉及宋诗与唐诗的风格差别，读者若细细体味，必有所得。俞氏又引《弇州山人词评》称李璟《摊破浣溪沙》“青鸟不传云外信，丁香空结雨中愁”二句为“非律诗俊语乎？然是天成一段词也，著诗不得”，同样论及词中七言与律诗七言的差异。至于评辛弃疾《鹧鸪天》（陌上柔桑破嫩芽）一类“稼轩集中多雄慨之词，纵横之笔，此调乃闲放自适，如听雄笳急鼓之余，忽闻渔唱在水烟深处，为之意远”，则是以诗意之语写艺术之“趣”，不难看出《二十四诗品》的诗学遗韵。

本书编撰于上世纪四十年代，书中难免存在一些当时尚未发现的文献舛误。如书中所选李璟《浣溪沙》（风压轻云贴水飞）实为苏轼作，《帝台春》（芳草碧色）实为宋李甲作；李煜《长相思》（一重山）实为宋邓肃作，《浣溪沙》（转烛飘蓬一梦归）实为冯延巳作。读者当明辨之。

至于俞氏不选李清照、少选柳永，乃其词学观之体现，自是不可苛求。

2016年1月2日

目 录

001 ／ 陈亚 一首
002 ／ 柳永 八首
008 ／ 张先 七首
013 ／ 晏殊 十首
019 ／ 欧阳修 十六首
028 ／ 解昉 一首
029 ／ 章楶 一首
030 ／ 晏几道 三十一首
046 ／ 王观 四首
049 ／ 张舜民 一首
050 ／ 苏轼 三十六首
072 ／ 李之仪 一首

073 / 孔平仲　一首

074 / 王雱　一首

075 / 张景修　一首

076 / 黄庭坚　七首

081 / 郑仅　一首

082 / 李元膺　一首

083 / 秦观　二十五首

097 / 米芾　一首

098 / 赵令畤　三首

100 / 贺铸　四十二首

124 / 僧仲殊　一首

125 / 周邦彦　六十五首

166 / 司马槱 一首
167 / 秦湛 一首
168 / 王安中 二首
170 / 叶梦得 四首
174 / 汪藻 一首
175 / 曹组 一首
176 / 蒋元龙 一首
177 / 程过 一首
178 / 房舜卿 一首
179 / 李玉 一首
180 / 杨无咎 一首

陈亚 一首

生查子

相思意已深，白纸书难足。字字若参商，故要槽郎读。
分明记得约当归，远至樱桃熟。何事菊花时，犹未回乡曲。

写闺情有乐府遗意。吴处厚评此调云：“虽一时俳谐之词，寄兴亦有深意。”

柳永 八首

玉胡蝶

望处雨收云断，凭阑悄悄，目送秋光。晚景萧疏，堪动宋玉悲凉。水风轻、蘋花渐老，月露冷、梧叶飘黄。遣情伤。故人何在，烟水茫茫。　难忘。文期酒会，几辜风月，屡变星霜。海阔山遥，未知何处是潇湘。念双燕、难凭远信，指暮天、空识归艎。黯相望。断鸿声里，立尽斜阳。

“水风”二句善状萧疏晚景，且引起下文离思。“情伤”以下至结句黯然魂消，可抵江淹《别赋》，令人增《蒹葭》怀友之思。

少年游

参差烟树灞陵桥。风物尽前朝。衰杨古柳，几经攀折，憔悴楚宫腰。　夕阳闲淡秋光老，离思满蘅皋。一曲阳关，断肠声尽，独自上兰桡。

上阕苍凉怀古，下阕伤离怨别，与前首略同。“阳关”三句有曲终人远之思。

蝶恋花

独倚危楼风细细。望极离愁，黯黯生天际。草色山光残照里。无人会得凭阑意。　也拟疏狂图一醉。对酒当歌，强乐还无味。衣带渐宽终不悔。为伊消得人憔悴。

长守尾生抱柱之信，拼减沈郎腰带之围，真情至语。此词或作六一词，汲古阁本则列入《乐章集》。

斗百花

煦色韶光明媚。轻霭低笼芳树。池塘浅醮烟芜，帘幕闲垂风絮。春困厌厌，抛掷斗草工夫，冷落踏青心绪。终日扃朱户。　远恨绵绵，淑景迟迟难度。年少傅粉，依前醉眠何处。深院无人，黄昏乍拆秋千，空锁满庭花雨。

前后段皆状春闺娇慵之态，惟转头处略见怀人。屯田摹写情景，颇似清真，而开合顿挫，视清真终隔一尘。

诉衷情近

幽闺昼永，渐入清和气序，榆钱飘满闲阶，莲叶嫩生翠沼。遥望水边幽径，山崦孤村，是处园林好。　闲情悄。绮陌游人渐少。少年风韵，自觉随春老。追先好。帝城信阻，天涯目断，暮云芳草。伫立空残照。

上下阕分写情景。“少年风韵”二句寄慨良深，有“春来懒上楼”之感。结句余韵不尽。

倾杯乐

木落霜洲，雁横烟渚，分明画出秋色。暮雨乍歇。小楫夜泊，宿苇村山驿。何人月下临风处，起一声羌笛。离愁万绪，闻岸草、切切蛩吟如织。　为忆芳容别后，水遥山远，何计凭鳞翼。想绣阁深沉，争知憔悴损、天涯行客。楚峡云归，高阳人散，寂寞狂踪迹。望京国。空目断、远峰凝碧。

“暮雨”三句音节极清峭。毛晋谓屯田词“音调谐婉，尤工于羁旅悲怨之辞”，此作克副之。

雨淋铃　秋别

寒蝉凄切。对长亭晚，骤雨初歇。都门帐饮无绪，方留恋处，兰舟催发。执手相看泪眼，竟无语凝噎。念去去、千里烟波，暮霭沉沉楚天阔。　多情自古伤离别。更那堪、冷落清秋节。今宵酒醒何处，杨柳岸、晓风残月。此去经年，应是良辰、好景虚设。便总有、千种风情，更与何人说。

首三句虚写送别时之秋景，后乃言留君不住，别泪沾巾，目送兰舟向楚水湘云而去，举别时情事，次第写之。后半起句用提空之笔，言南浦、阳关，为自古伤心之事，况凉秋远役，遥想酒醒梦回，扁舟摇漾，当在垂杨岸侧、晓风残月之中。客情之凄其，风景之清幽，怀人之绵邈，皆在“杨柳岸”七字之中，宜二八女郎红牙按拍，都唱屯田也。此七字已探骊得珠。后四句乃叙别后之情，以完篇幅。后阕以“自古伤离”“更与何人说”二语作起结，提得起，勒得住，能手无弱笔也。

八声甘州

对潇潇暮雨洒江天，一番洗清秋。渐霜风凄紧，关河冷落，残照当楼。是处红衰绿减，冉冉物华休。惟有长江水，无语东流。　不忍登高临远，望故乡渺邈，归思难收。叹年来踪迹，何事苦淹留。想佳人、妆楼颙望，误几回、天际识归舟。争知我、倚阑干处，正恁凝眸。

起二句有俊爽之致。“霜风”“残照”三句音节悲抗，如江天闻笛，古戍吹笳，东坡极称之，谓唐人佳处，不过如此。以其有提笔四顾之概，类太白之“牛渚望月”、少陵之“夔府清秋”也。其下二句顺笔写之，至结句江水东流，复能振起。后半首分三叠写法，先言已之欲归不得，何事淹留，次言闺人念远，误认归舟，与温飞卿之“过尽千帆皆不是，斜晖脉脉水悠悠”，皆善写闺人心事。结句言知君忆我，我亦忆君。前半首之“霜风”“残照”，皆在凝眸怅望中也。

张先　七首

燕台春　东都春日，李阁使席上

丽日千门，紫烟双阙，琼林又报春回。殿阁风微，当时去燕还来。五侯池馆屏开。探芳菲走马，重帘人语，辚辚车幰，远近轻雷。　雕觞霞滟，醉幕云飞，楚腰舞柳，宫面妆梅。金猊夜暖，罗衣暗裛香煤。洞府人归，笙歌院落，灯火楼台。下蓬莱。犹有花上月，清影徘徊。

《古今词话》评汴河出土石刻之《鱼游春水》词云："八十九字而风花莺燕动植之物曲尽，此唐人语也。"后之状物写情，无能及者。观子野此词，善状帝城春景之盛。天家之宫阙、五侯之池馆、士女之车马以及飞觞舞袖、香兽罗衣，粲然咸备。较《鱼游春水》词尤为绚丽。结句至月上犹留连不去，极写其酣游也。

浣溪沙

水满池塘花满枝。乱香深里语黄鹂。东风吹软弄帘帏。
日正长时春梦短，燕交飞处柳烟低。玉窗红子斗茶时。

“日长”二句写春景，辞妍而笔轻。“玉窗”句丽不伤雅，情味在含蕴中。

前调

锦帐重重卷暮霞。屏风曲曲斗红牙。恨人何事苦离家。
枕上梦魂飞不去，觉来红日又西斜。满庭芳草衬残花。

以闲逸之笔写景而隐寓绮情，与前首略同。结句不说尽，较前首“玉窗斗茶”尤耐寻味。

青门引

乍暖还轻冷。风雨晚来方定。庭轩寂寞近清明，残花中酒，又是去年病。　楼头画角风吹醒。入夜重门静。那堪更被明月，隔墙送过秋千影。

残春病酒，已觉堪伤，况情怀依旧，愁与年增，乃加倍写法。结句之意，一见深夜寂寥之景，一见别院欣戚之殊。梦窗因秋千而忆凝香纤手，此则因隔院秋千而触绪有怀，别有人在，乃侧面写法。

天仙子　时为嘉禾小倅，以病眠不赴府会

水调数声持酒听。午醉醒来愁未醒。送春春去几时回，临晚镜。伤流景。往事后期空记省。　沙上并禽池上暝。云破月来花弄影。重重帘幕密遮灯，风不定。人初静。明日落红应满径。

《古今词话》云："客谓子野曰：'人咸目公为张三

中：心中事、眼中泪、意中人也。’子野曰：‘何不谓之张三影？’客不喻。子野曰：‘云破月来花弄影；娇柔懒起、帘押卷花影；柳径无人、坠飞絮无影，此平生得意者。’”《高斋诗话》云：“子野尝有诗云‘浮萍断处见山影’，又长短句云‘云破月来花弄影’，又云‘隔墙送过秋千影’，并脍炙人口，世谓张三影。”苕溪渔隐云：“当以《后山》《古今》二诗话所载三影为胜。”

菩萨蛮　咏筝

哀筝一弄湘江曲。声声写尽湘波绿。纤指十三弦。细将幽恨传。　当筵秋水慢。玉柱斜飞雁。弹到断肠时。春山眉黛低。

宋时善筝之妓，有轻轻，有伍卿，每拂指登场，座客皆为痴立。客有赠诗者曰：“轻轻殁后便无筝，玉腕红纱到伍卿。座客满筵都不语，一行哀雁十三声。”此诗出而伍卿之名益著。子野所遇筝妓，观其“肠断”“眉低”二句，当亦深于情者。为鸣筝能手，不在玉腕、红纱之下也。〇此词一作晏几道词。

碧牡丹　晏同叔出姬

步帐摇红绮。晓月堕，沉烟砌。缓板香檀，唱彻伊家新制。怨入眉头，敛黛峰横翠。芭蕉寒，雨声碎。　镜华翳。闲照孤鸾戏。思量去时容易。钿合瑶钗，至今冷落轻弃。望极蓝桥，但暮云千里。几重山，几重水。

上阕追忆闻歌“眉”“黛”二句，红牙按拍，有怨入落花之感。下阕重到歌筵，而惊鸿已渺，惆怅成词，有情不自禁者。《道山清话》谓晏元献辟子野为通判，公有侍儿，每令侑觞，往往歌子野所为词，后为王夫人所摈。一日，公招子野饮，追怀前事，作《碧牡丹》一调，令座妓歌之，至“暮云山水”末句，公怃然曰：“人生行乐耳，何自苦如此！”乃出钱取侍儿归，相传为韵事云。

晏殊 十首

浣溪纱

一曲新词酒一杯。去年天气旧亭台。夕阳西下几时回。
无可奈何花落去，似曾相识燕归来。小园香径独徘徊。

首句但纪当日之事，入手处不侵占下文地位。次句即叙明本意，言风景不殊，亭台依旧，乃总括全篇。三句承去年天气而言，流光容易，又换今年，安得鲁阳挥戈，再反虞渊之日耶？下阕承前半首之意，言春不能留，花亦随之落去，花既无情，惜花者空付奈何一叹。“归燕”句承“旧亭台”之意，虽梁燕寻巢，似曾相识，若有情而实无情。花与鸟既无以慰情，徒增惆怅，伤离感旧之深，焉得逢人而语？惟有徘徊芳径，立尽斜阳耳。

前调

一向年光有限身。等闲离别易消魂。酒筵歌席莫辞频。满目山河空念远，落花风雨更伤春。不如怜取眼前人。

此词前半首笔意回曲，如石梁瀑布，作三折而下。言年光易尽，而此身有限，自嗟过客光阴，每值分离，即寻常判袂，亦不免魂消黯然。三句言消魂无益，不若歌筵频醉，借酒浇愁，半首中无一平笔。后半转头处言浩莽山河，飘摇风雨，气象恢宏。而“念远”句承上“离别”而言，“伤春”句承上“年光”而言，欲开仍合，虽小令而具长调章法。结句言伤春念远，只恼人怀，而眼前之人，岂能常聚，与其落月停云，他日徒劳相忆，不若怜取眼前，乐其晨夕，勿追悔蹉跎，申足第三句“歌席莫辞”之意也。

蝶恋花

帘幕风轻双语燕。午醉醒来，柳絮飞撩乱。心事一春犹未见。余红落尽青苔院。　　百尺朱楼闲倚遍。薄雨浓云，抵死遮人面。

消息未知归早晚。斜阳只送平波远。

此词殆有寄慨，非作月露泛辞。“心事”二句有“怅未立乎修名”“老冉冉其将至”之感。下阕“雨云”二句意谓经国远谟，乃横生艰阻。“消息”“斜阳”二句谓他日成败，非所逆睹，而在图安旦夕观之，则斜日远波，固一派清平气象也。韩魏公咏雪诗“老松擎重玉龙寒”，隐然以天下为己任。公之词，其亦有忧盛危明之意乎？

玉楼春

绿杨芳草长亭路。年少抛人容易去。楼头残梦五更钟，花底离愁三月雨。　无情不似多情苦。一寸还成千万缕。天涯地角有穷时，只有相思无尽处。

夏闰庵谓后半阕惟极写“离愁”二字，若南宋人为之，必别出一意，断不如此直说。此等处正宜着眼。

浣溪沙

阆苑瑶台风露秋。整鬟凝思捧觥筹。欲归临别强迟留。

月好漫成孤枕梦，酒阑空得两眉愁。此时情绪悔风流。

瑶台阆苑，言地之高华；凝思整鬟，言人之庄重，虽捧觥筹，可望而不可即。明知徒费迟留，迨酒阑人散，独自成愁，始知追悔当时，固何益耶？既已悔之，而复孤梦愁眉，低回不置，姑寄其无聊之思耳。元献生平不作妮子语，此词或有所指，非述绮怀也。

清平乐

红笺小字。说尽平生意。鸿雁在云鱼在水。惆怅此情难寄。　斜阳独倚西楼。遥山恰对帘钩。人面不知何处，绿波依旧东流。

言情深密处全在“红笺小字”。既鱼沉雁杳，欲寄无由，剩有流水斜阳，供人愁望耳。以景中之情作结束，词格甚高。

玉楼春

池塘水绿风微暖。记得玉真初见面。重头歌韵响铮琮，入破舞腰红乱旋。　玉钩阑下香阶畔。醉后不知斜日晚。当时共我赏花人，点检如今无一半。

极美满之风光，事后回思，都成陈迹。元献生当盛世，雍容台阁，而重醉花前，尚有旧人零落之感。若生逢叔季，衣冠第宅转眼都非，宁止何戡感旧耶？

踏莎行

小径红稀，芳郊绿遍。高台树色阴阴见。春风不解禁杨花，濛濛乱扑行人面。　翠幕藏莺，珠帘隔燕。炉香静逐游丝转。一场愁梦酒醒时，斜阳却照深深院。

此词或有白氏讽谏之意。杨花乱扑，喻谗人之高张；燕隔莺藏，喻堂帘之远隔，宜结句之日暮兴嗟也。

蝶恋花

六曲阑干偎碧树。杨柳风轻，展尽黄金缕。谁把钿筝移玉柱，穿帘海燕双飞去。　满眼游丝兼落絮。红杏开时，一霎清明雨。浓睡觉来莺乱语。惊残好梦无寻处。

写景明秀，通首于景中隐寓情思，有含毫邈然之意。

清平乐

金风细细。叶叶梧桐坠。绿酒初尝人易醉。一枕小窗浓睡。　紫薇朱槿花残。斜阳却照阑干。双燕欲归时节，银屏昨夜微寒。

纯写秋来景色，惟结句略含清寂之思，情味于言外求之，宋初之高格也。

欧阳修　十六首

浣溪沙

湖上朱桥响画轮。溶溶春水浸春云。碧琉璃滑净无尘。
当路游丝萦醉客。隔花啼鸟唤行人。日斜归去奈何春。

上阕写水畔春光明媚，风景宛然。下阕言嬉春之“醉客”“行人”，营营扰扰，而“游丝”“啼鸟”，复作意撩人，在冷眼观之，徒唤奈何，惟有“日斜归去”耳。

阮郎归

南园春早踏青时。风和闻马嘶。青梅如豆柳如眉。日长胡蝶飞。　花露重，草烟低。人家帘幕垂。秋千慵困解罗衣。画梁双燕栖。

先写春早之景，后言春昼之人，但言日长人倦。“秋千”二句不着欢愁，风情自见。

青玉案

一年春事都来几。早过了，三之二。绿暗红嫣浑可事。绿杨庭院，暖风帘幕，有个人憔悴。　买花载酒长安市。又争似家山见桃李。不枉东风吹客泪。相思难表，梦魂无据。惟有归来是。

“绿杨”三句先叙怀人。下阕言归思。“相思”二句即申明此两意，言怀人既难表示，家山又魂梦无凭，惟有速整归装，勿长使春风吹泪也。

踏莎行

候馆梅残，溪桥柳细。草熏风暖摇征辔。离愁渐远渐无穷，迢迢不断如春水。　寸寸柔肠，盈盈粉泪。楼高莫近危阑倚。平芜尽处是春山，行人更在春山外。

唐宋人诗词中，送别怀人者，或从居者着想，或从行者着想，能言情婉挚，便称佳构。此词则两面兼写。前半首言征人驻马回头，愈行愈远，如春水迢迢，却望长亭，已隔万重云树。后半首为送行者设想，倚阑凝睇，心倒肠回，望青山无际，遥想斜日鞭丝，当已出青山之外，如鸳鸯之烟岛分飞，互相回首也。以章法论，“候馆”“溪桥”言行人所经历；“柔肠”“粉泪”言思妇之伤怀，情同而境判，前后阕之章法井然。

蝶恋花

几日行云何处去。忘了归来，不道春将暮。百草千花寒食路。香车系在谁家树。　泪眼倚楼频独语。双燕来时，陌上相逢否。撩乱春愁如柳絮。依依梦里无寻处。

起笔托想空灵，欲问伊人踪迹，如行云之在天际。春光已暮，而留滞忘归，况当寒食佳辰，柳天花草，香车所驻，从何处追寻！前半首专写离人，后半首乃言己之情思，孤客凭阑，无由通讯，陌上归来燕子，或曾见芳踪，永叔《洛阳春》词“看花拭泪向归鸿，问来处逢郎否”，与此词皆无聊之托思。结句言赢得愁绪满怀，乱如柳絮，而入梦依依，茫无寻处，是絮是身，是愁是梦，一片迷离，词家妙境。

玉楼春

妖冶风情天与措。清瘦肌肤冰雪妒。百年心事一宵同，愁听鸡声窗外度。　信阻青禽云雨暮。海月空惊人两处。强将离恨倚江楼，江水不能流恨去。

此词未见新警，而为时人传诵。司马槱“妾本钱唐江上住”词、毛泽民“泪湿阑干花着露”词，《草堂诗余》云：“此二词皆祖六一翁《玉楼春》词意”。

浣溪沙

堤上游人逐画船。拍堤春水四垂天。绿杨楼外出秋千。
白发戴花君莫笑，六么催拍盏频传。人生何处似尊前。

《侯鲭录》云："永叔《浣溪沙》云：'堤上游人逐画船。拍堤春水四垂天。绿杨楼外出秋千。'此翁语甚妙绝。只一'出'字，是后人着意道不到处。"

采桑子

轻舟短棹西湖好，绿水逶迤。芳草长堤。隐隐笙歌处处随。　无风水面琉璃滑，不觉船移。微动涟漪。惊起沙禽掠岸飞。

下阕四句极肖湖上行舟波平如镜之状，"不觉船移"四字下语尤妙。

前调

画船载酒西湖好，急管繁弦。玉盏催传。稳泛平波任醉眠。　行云却在行舟下，空水澄鲜。俯仰留连。疑是湖中别有天。

湖水澄澈时如在镜中，云影天光，上下一色，“行云”数语能道出之。

前调

群芳过后西湖好，狼藉残红。飞絮濛濛。垂柳阑干尽日风。　笙歌散后游人去，始觉春空。垂下帘栊。双燕归来细雨中。

西湖在宋时，极游观之盛。此词独写静境，别有意味。

前调

平生为爱西湖好，来拥朱轮。富贵浮云。俯仰流年二十春。　归来恰似辽东鹤，城郭人民。触目皆新。谁识当年旧主人。

蝶恋花

庭院深深深几许。杨柳堆烟，帘幕无重数。玉勒雕鞍游冶处。楼高不见章台路。　雨横风狂三月暮。门掩黄昏，无计留春住。泪眼问花花不语。乱红飞过秋千去。

此词帘深楼迥及“乱红飞过”等句，殆有寄托，不仅送春也。或见《阳春集》。李易安定为六一词。易安云：“此词余极爱之。”乃作“庭院深深”数首，其声即旧《临江仙》也。

前调

谁道闲情抛弃久。每到春来，惆怅还依旧。日日花前常病酒。不辞镜里朱颜瘦。　河畔青芜堤上柳。为问新愁，何事年年有。独立小桥风满袖。平林新月人归后。

词家每先言景，后言情，此词先情后景。结末二句寓情于景，弥觉风致夷犹。此调旧刻二十二首，多他稿误入，有李中主词、《阳春集》《珠玉词》《乐章集》。汲古阁刻本为删定之，今从毛刻。

渔家傲

十月小春梅蕊绽。红炉画阁新装遍。鸳帐美人贪睡暖。梳洗懒。玉壶一夜轻澌满。　楼上四垂帘不卷。天寒山色偏宜远。风急雁行吹字断。红日晚。江天雪意云撩乱。

后阕状江山寒色，足当清远二字。此调旧刻凡三十二首，以《珠玉词》搀入。汲古阁定为三十首，此首最为擅胜。

临江仙

柳外轻雷池上雨，雨声滴碎荷声。小楼西角断虹明。阑干倚处，待得月华生。　燕子飞来窥画栋，玉钩垂下帘旌。凉波不动簟纹平。水晶双枕，旁有堕钗横。

后三句善写丽情，未乖贞则，自是雅奏。

浪淘沙

把酒祝东风。且共从容。垂杨紫陌洛城东。总是当时携手处，游遍芳丛。　聚散苦匆匆。此恨无穷。今年花胜去年红。可惜明年花更好，知与谁同。

因惜花而怀友，前欢寂寂，后会悠悠，至情语以一气挥写，可谓深情如水、行气如虹矣。

解昉　一首

永遇乐

风暖莺娇，露浓花重，天气和煦。院落烟收，垂杨舞困，无奈堆金缕。谁家巧纵，青楼弦管，惹起梦云情绪。忆当时、文衾粲枕，未尝暂孤鸳侣。　芳菲易老，故人难聚，到此翻成轻误。阆苑仙遥，蛮笺纵写，何计传深诉。青山绿水，古今长在，惟有旧欢何处。空赢得、斜阳衰草，淡烟细雨。

前半仅叙当春感旧之情，其胜处在下阕“青山”以下五句，举目河山，旧欢如梦，斜阳烟雨，触处生悲，山灵有知，阅尽悲欢百态，但身受者难堪耳。

章楶　一首

水龙吟　杨花

燕忙莺懒花残，正堤上、柳花飘坠。轻飞点画青林，谁道全无才思。闲趁游丝，静临深院，日长门闭。傍珠帘散漫，垂垂欲下，依前被，风扶起。　兰帐玉人睡觉，怪春衣、雪沾琼缀。绣床渐满，香球无数，才圆却碎。时见蜂儿，仰黏轻粉，鱼吞池水。望章台路杳，金鞍游荡，有盈盈泪。

此词虽不及东坡和作，而“珠帘”四句、“绣床”三句赋本题，极体物浏亮之能，若无名作在前，斯亦佳制。

晏几道　三十一首

生查子

金鞍美少年，去跃青骢马。牵系玉楼人，绣被春寒夜。
消息未归来，寒食梨花谢。无处说相思，背面秋千下。

此为闺人怨别之词，以“牵系”二字领起下阕四句。“绣被”句有“锦衾独旦”之意。“秋千”句殆用“十五泣春风，背面秋千下”诗意，言背人饮泣也。

前调

坠雨已辞云，流水难归浦。遗恨几时休，心抵秋莲苦。
忍泪不能歌，试托哀弦语。弦语愿相逢，知有相逢否。

集中此调凡十一首，以“金鞍”一首为最。此为第四首，怀人而托诸哀弦，语曲而心苦，有乐府遗意。

临江仙

梦后楼台高锁，酒醒帘幕低垂。去年春恨却来时。落花人独立，微雨燕双飞。　　记得小蘋初见，两重心字罗衣。琵琶弦上说相思。当时明月在，曾照采云归。

前二句追昔抚今，第三句融合言之，旧情未了，又惹新愁。“落花”二句正春色恼人，紫燕犹解“双飞”，而愁人翻成“独立”。论风韵如微风过箫，论词采如红蕖照水。下阕回忆相逢，“两重心字”，欲诉无从，只能借凤尾檀槽，托相思于万一。结句谓采云一散，谁复相怜，惟明月多情，曾照我相送五铢仙佩，此恨绵绵，只堪独喻耳。

鹧鸪天

彩袖殷勤捧玉钟。当年拼却醉颜红。舞低杨柳楼心月，歌尽桃花扇底风。　从别后，忆相逢。几回魂梦与君同。今宵剩把银釭照，犹恐相逢是梦中。

《雪浪斋日记》谓叔原"杨柳""桃花"等句，"不愧六朝宫掖体"。赵德麟《侯鲭录》云："晁无咎言晏叔原不蹈袭人语，而风调闲雅，自是一家。如'舞低杨柳楼心月，歌尽桃花扇底风'，自可知此人不生在三家村中也。"结句点化唐人"乍见翻疑梦"诗意。入《小山词》中，更觉风神摇曳。

点绛唇

花信来时，恨无人似花依旧。又成春瘦。折断门前柳。
天与多情，不与长相守。分飞后。泪痕和酒。占了双罗袖。

前四句谓春色重归，乃花发而人已去，为伊消瘦，折尽长条，四句曲折而下，如清溪之宛转。下阕谓天畀以情而吝其福，畀以相逢而不使相守。既无力回天，但有酒国埋愁，泪潮湿镜，双袖飘零，酒晕与泪痕层层渍满，则年来心事可知矣。

前调

明日征鞭，又将南陌垂杨折。自怜轻别。拚得音尘绝。
杏子枝边，倚遍阑干月。依前缺。去年时节。旧事无人说。

此纪再别之词。承前首折柳门前，故此云又折垂杨。下阕言本期人月同圆，乃几度凭阑，依然月缺。正如唐人诗“思君如满月，夜夜减清辉”。结句旧事更无人说，其实伤心之事，本不愿人重提也。

蝶恋花

醉别西楼醒不记。春梦秋云，聚散真容易。斜月半窗还少睡。画屏闲展吴山翠。　衣上酒痕诗里字。点点行行，总是凄凉意。红烛自怜无好计。夜寒空替人垂泪。

前调

欲减罗衣寒未去。不卷珠帘，人在深深处。残杏枝头花几许。啼红正恨清明雨。　　尽日沉香烟一缕。宿酒醒迟，恼破春情绪。远信还因归燕误。小屏风上西江路。

前调

黄菊开时伤聚散。曾记花前，共说深深愿。重见金英人未见。相思一夜天涯远。　　罗带同心闲结遍。带易成双，人恨成双晚。欲写彩笺书别怨。泪痕早已先书满。

叔原小令最工，直逼《花间》。集中《蝶恋花》词凡十五首，此三首尤胜。叔原喜沉浮酒中，与客酣饮，每得一解，即以草授歌姬莲、鸿、蘋、云，品清讴娱客，持杯听之，相为笑乐。歌阑人散，辄惆怅成吟。词中所云“衣上酒痕”“宿酒醒迟”等句，皆纪实也。

鹧鸪天

醉拍春衫惜旧香。天将离恨恼疏狂。年年陌上生秋草，日日楼中到夕阳。　　云渺渺，水茫茫。征人归路许多长。相思本是无凭语，莫向花笺费泪行。

前调

小令尊前见玉箫。银灯一曲太妖娆。歌中醉倒谁能恨，唱罢归来酒未消。　春悄悄，夜迢迢。碧云天共楚宫遥。梦魂惯得无拘检，又踏杨花过谢桥。

此调共十九首。《草堂诗余》录“舞低杨柳楼心月”一首，以其最擅名也。此二首之结句，情韵均胜。次首“谢桥”二句尤见新颖。

生查子

长恨涉江遥，移近溪头住。闲荡木兰舟，卧入双鸳浦。
无端轻薄云，暗作廉纤雨。翠袖不胜寒，欲向荷花语。

起句用“涉江采芙蓉”诗，以呼应“荷花”结句，盖咏采莲女之作。上段写绮怀之幽杳，下段写丽情之宛转，殊有《竹枝词》意味。

南乡子

眼约也应虚。昨夜归来凤枕孤。且据如今情分里，相于。只恐多时不似初。　深意托双鱼。小剪蛮笺细字书。更把此情重问得，何如。共结因缘久远无。

反复诘问，惟恐历久寒盟，写情入深细处。人谓小山之词，“字字娉娉袅袅，如揽嫱施之袂”，此等句足以当之。

清平乐

波纹碧皱。曲水清明后。折得疏梅香满袖。暗喜春红依旧。　归来紫陌东头。金钗换酒消愁。柳影深深细路，花梢小小层楼。

上阕“梅香”二句喻暗喜彼姝之仍在。下阕“细路”“层楼”二句将其居处分明写出，其中人若唤之欲应也。

前调

西池烟草。恨不寻芳早。满路落花红不扫。春色渐随人老。　　远山眉黛娇长。清歌细逐霞觞。正在十洲残梦，水心宫殿斜阳。

前六句为春暮访艳，后二句十洲宫殿，忽托思在仙灵境界，为此调十八首中清超之作。

前调

暂来还去。轻似风头絮。纵得相逢留不住。何况相逢无处。　　去时约略黄昏。月华却到朱门。别后几番明月，素娥应是消魂。

先言无处相逢，似已说尽矣；后段托明月以见意，纵不相逢，而相思仍无既，真善写情者。

前调

莲开欲遍。一夜秋声转。残绿断红香片片。长是西风堪怨。　莫愁家住溪边。采莲心事年年。谁管水流花谢，月明昨夜兰船。

下阕言流水落花，最是无情有恨，而夜月兰船，嬉游自若，徒使采莲人年年惆怅，莫愁之愁，殆与春潮俱满矣。

减字木兰花

长亭晚送。都似绿窗前日梦。小字还家。恰应红灯昨夜花。　良时易过。半镜流年春欲破。往事难忘。一枕高楼到夕阳。

由相别而相逢，而又相别，窗前灯影，楼上斜阳，写悲欢离合，情景兼到。

菩萨蛮

来时杨柳东桥路。曲中暗有相期处。明月好因缘。欲圆还未圆。　　却寻芳草去。画扇遮微雨。飞絮莫无情。闲花应笑人。

月未十分圆满，情味最长，取喻因缘，小山独能见到。

前调

江南未雪梅花白。忆梅人是江南客。犹记旧相逢。淡烟微月中。　　玉容长有信。一笑归来近。怀远上楼时。晚云和雁低。

“淡烟微月”句高雅绝尘，人与花合写也。“晚云”句在空际写怀人，旨趣弥永。

浣溪沙

日日双眉斗画长。行云飞絮共轻狂。不将心嫁冶游郎。
溅酒滴残歌扇字，弄花熏得舞衣香。一春弹泪说凄凉。

人但见其画时样长眉，逐随风飞絮，不知冰心独抱，冶游郎不值其一盼。“弄花”“溅酒”，只为伤春弹泪之资耳。

前调

家近旗亭酒易沽。花时长得醉工夫。伴人歌扇懒妆梳。
户外绿杨春系马，床头红烛夜呼卢。相逢还解有情无。

此首与前首意适相反。前首“冶游郎”句言其高洁之怀，此首“绿杨”二句状其豪盛之态，恒舞酣歌，明琼卜夜，安望其解有情耶！

前调

午醉西桥夕未醒。雨花凄断不堪听。归时应减鬓边青。
衣化客尘今古道，柳含春意短长亭。凤楼争见路旁情。

“客尘”二句感叹殊深。夕阳古道之旁，素衣化缁，攀条惜别者，悠悠今古，阅尽行人，彼高倚凤楼者，蛾眉争艳，浪掷年光，焉有俯仰今昔之怀乎！

更漏子

柳丝长，桃叶小。深院断无人到。红日淡，绿烟晴。流莺三两声。　　雪香浓，檀晕少。枕上卧枝花好。春思重，晓妆迟。寻思残梦时。

前写景，后言情，景丽而情深，《金荃集》中绝妙词也。

浪淘沙

小绿间长红。露蕊烟丛。花开花落昔年同。惟恨花前携手处，往事成空。　　山远水重重。一笑难逢。已拼长在别离中。霜鬓知他从此去，几度春风。

花事依然而伊人长往，重抚霜华衰鬓，当年几度春风，皆冉冉向鬓边掠过，其怅惘可知矣。“花开花落”句与结句“几度春风”正相关合。

虞美人

疏梅月下歌金缕。忆共文君语。更谁情浅似春风。一夜满枝新绿替残红。　　蘋香已有莲开信。两桨佳期近。采莲时节定来无。醉后满身花影倩人扶。

集中多离索之感。此调“新绿”“残红”，甫嗟易别，“蘋香”“两桨”，旋盼相逢，“花影人扶”句预想归来。闹红一舸，风致嫣然，丽而有则。

采桑子

花时恼得琼枝瘦，半被残香。睡损梅妆。红泪今春第一行。　风流笑伴相逢处，白马游缰。共折垂杨。手撚芳条说夜长。

“半被”二句已觉妍秀，“红泪”七字更佳句乘风欲去。下阕游伴相逢，别开一境。结句妙在不说尽，耐人揽撷。

前调

西楼月下当时见，泪粉偷匀。歌罢还颦。恨隔炉烟看未真。　别来楼外垂杨缕，几换青春。倦客红尘。长记楼中粉泪人。

此词不过回忆从前，而能手写之，便觉当时凄怨之神，宛呈纸上。

前调

别来长记西楼事，结遍兰襟。遗恨重寻。弦断相如绿绮琴。　何时一枕逍遥夜，细话初心。若问如今。也似当年着意深。

下阕以三折笔写之，深情若揭。洵君房语妙也。

河满子

绿绮琴中心事，齐纨扇上时光。五陵年少浑薄幸，轻如曲水飘香。夜夜魂消梦峡，年年泪尽啼湘。　归雁行边远字，惊鸾舞处离肠。蕙楼多少铅华在，从来错倚红妆。可羡邻姬十五，金钗早嫁王昌。

词言沦落风尘之苦，相逢者皆属薄幸，人但知其梦峡之欢，而不见其啼湘之泪。下阕“铅华”“红妆”二句言容华岂堪长恃，老大徒伤。其中亦有特秀者，盈盈十五，早嫁王昌，信乎命之不齐也。

风入松

心心念念忆相逢。别恨谁浓。就中懊恼难拚处，是擘钗、分钿匆匆。却似桃源路失，落花空记前踪。　彩笺书尽浣溪红。深意难通。强欢殢酒图消遣，到醒来、愁闷还重。若是初心未改，多应此意须同。

写别后情怀，通首一气呵成，若明珠走盘，一丝萦曳。结句是其着眼处，与《采桑子》第三首“也似当年着意深”句相似，若用情于正，即“久要不忘”之义也。

王观 四首

清平乐

黄金殿里。烛影双龙戏。劝得官家真个醉。进酒犹呼万岁。　折旋舞彻伊州。君恩与整搔头。一夜御前宣住，六宫多少人愁。

此为应制之作。以词而论，上阕叙君臣宴乐，至沉醉犹呼万岁，以媚兹一人。下阕以万乘之尊，为舞姬亲整搔头，且金环进御，可谓工于描写，尽态极妍，但不宜于应制体裁，宜宣仁太后览之，以为近媟，由翰林学士出知外县，因以逐客自号云。

庆清朝慢　踏青

调雨为酥，催冰做水，东君分付春还。何人便将轻暖，点破残寒。结伴踏青去好，平头鞋子小双鸾。烟郊外，望中秀色，如有无间。　晴则个，阴则个，饾饤得天气，有许多般。须教镂花拨柳，争要先看。不道吴绫绣袜，香泥斜沁几行斑。东风巧，尽收翠绿，吹在眉山。

前五句为"踏青"张本，"双鸾"句实赋本题，"间"字韵点化"草色遥看近却无"余意，恰合"踏青"之景。下阕"镂花拨柳"四句写闺情入细，结处咏"踏青"，人与景融成一片，《冠柳集》中之隽咏。黄叔旸极称此词，谓其"风流楚楚"也。

生查子

关山魂梦长，塞雁音书少。两鬓可怜青，一夜相思老。

归傍碧纱窗，说与人人道。真个别离难，不似相逢好。

前后段一气呵成。词有以不说尽见含蓄者，有以说尽见本怀者。结二句脱口而出，情真语真。

临江仙

别浦相逢何草草，扁舟两岸垂杨。绣屏珠箔绮香囊。酒深歌拍缓，愁入翠眉长。　燕子归来人去也，此时无奈昏黄。桃花应似我柔肠。不禁微雨，流泪湿红妆。

“酒深”二句晚唐时人之佳句。下阕柔情婉转。陈质斋云：“逐客词格不高。”此论诚然，韶秀是其本色，但才力薄耳。

张舜民　一首

卖花声　题岳阳楼

木叶下君山。空水漫漫。十分斟酒敛芳颜。不是渭城西去客，休唱阳关。　醉袖抚危阑。天淡云闲。何人此路得生还。回首夕阳红尽处，应是长安。

题为“岳阳楼”作，而切“岳阳”者，惟首句“君山”二字。观其“此路生还”及“回首长安”句，殊有迁谪之感。但芸叟由谏官荐擢侍郎，初未放逐，此殆登楼送友之作，代为致慨也。

苏轼　三十六首

水调歌头

丙辰中秋，欢饮达旦，大醉。作此篇，兼怀子由。

明月几时有，把酒问青天。不知天上宫阙，今夕是何年。我欲乘风归去，惟恐琼楼玉宇，高处不胜寒。起舞弄清影，何似在人间。　转朱阁，低绮户，照无眠。不应有恨，何事长向别时圆。人有悲欢离合，月有阴晴圆缺，此事古难全。但愿人长久，千里共婵娟。

明月生于何时？天上有无宫阙？甲子悠悠，谁为编纪？三者皆玄妙之语，可谓云思霞想，高接混茫。起笔如俊鹘破空疾下，此调本高抗之音，得公椽笔，压倒豪杰矣。“琼楼玉宇”二句，以高危自警，即其赠子由词“早退为戒”之意，上清虽好，不如戢影人间也。下阕怀子由，谓明月且难长满，何况浮生焉能长聚，达人安命，愿与弟共勉之。全篇若云鹏天马，一片神行，公之能事也。

念奴娇　赤壁怀古

大江东去，浪淘尽、千古风流人物。故垒西边人道是，三国周郎赤壁。乱石穿空，惊涛拍岸，卷起千堆雪。江山如画，一时多少豪杰。　遥想公瑾当年，小乔初嫁了，雄姿英发。羽扇纶巾谈笑间，强虏灰飞烟灭。故国神游，多情应笑，我早生华发。人间如梦，一樽还酹江月。

江东战伐，惟孙曹事于往史最有声色，临风酹酒，俯仰兴亡，是何等气概！起笔入门下马，已气压江东。“乱石”三句壮健称题。“江山”二句尤深雄慨。题为《赤壁怀古》，故下阕追怀瑜亮英姿，笑谈摧敌。“华发”句抚今思昔，有少陵“看镜”“倚楼”之思。结句感前朝之如梦，洒杯酒而招魂，瑜亮有知，当凌云一笑也。

水龙吟 次韵章质夫杨花词

似花还似非花，也无人惜从教坠。抛家傍路，思量却是，无情有思。萦损柔肠，困酣娇眼，欲开还闭。梦随风万里，寻郎去处，又还被、莺呼起。　不恨此花飞尽，恨西园、落红难缀。晓来雨过，遗踪何在，一池萍碎。春色三分，二分尘土，一分流水。细看来不是，杨花点点，是离人泪。

起二句已吸取杨花之全神。“无情有思”句以下，人与花合写，情味悠然。转头处别开一境。“西园落红”句隐喻人亡邦瘁，惄然忧国之思。“遗踪萍碎”句仍归到本题。“春色”三句万紫千红，同归尘劫，不仅为杨花惜也。结句怨悱之怀，力透纸背，既伤离索，兼有迁谪之感。质夫原唱，亦清丽可诵。晁叔用云：“东坡如嫱、施之天姿，天下妇人莫及，质夫岂可比耶！”

满庭芳

元丰七年四月一日，余将去黄移汝，留别雪堂邻里二三君子。会李仲览自江东来别，遂书以遗之。

归去来兮，吾归何处，万里家在岷峨。百年强半，来日苦无多。坐见黄州再闰，儿童尽、楚语吴歌。山中友，鸡豚社酒，相劝老东坡。　云何。当此去，人生底事，来往如梭。待闲看秋风，洛水清波。好在堂前细柳，应念我、莫剪柔柯。仍传语，江南父老，时与晒渔蓑。

东坡在黄州，寒食开海棠之宴，秋江泛赤壁之舟，历五年之久，临别依依。“坐见”以下四句及“细柳”以下四句，情意真切，属辞雅逸，便成佳构。

前调

余年十七，始与刘仲达往来于眉山，今年四十九，相逢于泗上。淮水浅冻，久留郡中，晦日同游南山，话旧感叹，因作此词。

三十三年，漂流江海，万里烟浪云帆。故人惊怪，憔悴老青衫。我自疏狂异趣，君何事、奔走尘凡。流年尽，穷途坐守，船尾冻相衔。　巉巉。淮浦外，层楼翠壁，古寺空岩。步携手林间，笑挽纤纤。莫上孤峰尽处，萦望眼、云海相搀。家何在，因君问我，归梦绕松杉。

前调

余谪居黄州五年，将赴临汝，作《满庭芳》一篇别黄人。既至南都，蒙恩放归阳羡，复作一篇。

归去来兮，清溪无底，上有千仞嵯峨。画楼东畔，天远夕阳多。老去君恩未报，空回首、弹铗悲歌。船头转，长风万里，归马驻平坡。　无何。何处有，银潢尽处，天女停梭。问何事人间，久戏风波。顾谓同来稚子，应烂汝、腰下长柯。青衫破，群仙笑我，千缕挂烟蓑。

以上二首在去黄州时道中所作。前首以淮水浅冻，留滞泗上，故有“船尾冻相衔”句。次首以道中蒙恩，放归阳羡，故有“船头风转”句。一则写羁泊穷年之感，一则寓江湖魏阙之思，拳拳忠爱，不以隐显而殊。“画楼”“夕阳”二句景中有情，语尤名隽。

水调歌头　黄州快哉亭赠张偓佺

落日绣帘卷，亭下水连空。知君为我新作，窗户湿青红。长记平山堂上，欹枕江南烟雨，渺渺没孤鸿。认得醉翁语，山色有无中。　一千顷，都镜净，倒碧峰。忽然浪起掀舞，一叶白头翁。堪笑兰台公子，未解庄生天籁，刚道有雌雄。一点浩然气，千里快哉风。

快哉亭与平山堂皆擅登临之胜，故联想及之。转头处五句及上阕“欹枕”四句想见江湖豪兴，其语气清快，如以并刀削哀梨也。

永遇乐　寄孙巨源

长忆别时，景疏楼上，明月如水。美酒清歌，留连不住，月随人千里。别来三度，孤光又满，冷落共谁同醉。卷珠帘、凄然顾影，共伊到明无寐。　今朝有客，来从濉上，能道使君深意。凭仗清淮，分明到海，中有相思泪。而今何在，西垣清禁，夜永露华侵被。此时看、回廊晓月，也应暗记。

观“清淮”“到海”三句，知与巨源交谊之深，更忆及“西垣清禁”，同此月明，抚今追昔，不尽低回。言为心声，知公天性之厚也。

一丛花

今年春浅腊侵年。冰雪破春妍。东风有信无人见，露微意、柳际花边。寒夜纵长，孤衾易暖，钟鼓渐清圆。　朝来初日半衔山，楼阁淡疏烟。游人便作寻芳计，小桃杏、应已争先。衰病少悰，疏慵自放，惟爱日高眠。

春初病起，信笔书怀，当此花边柳际，裙屐争赴春游，而自放者日高犹卧，有此淡逸之怀，出以萧散之笔，遂成雅调。

八声甘州　寄参寥子

有情风万里卷潮来，无情送潮归。向钱塘江上，西兴浦口，几度斜晖。不用思量今古，俯仰昔人非。谁似东坡老，白首忘机。　记取西湖西畔，正春山好处，空翠烟霏。算诗人相得，如我与君稀。约他年、东还海道，愿谢公、雅志莫相违。西州路、不应回首，为我沾衣。

起笔破空而下，风潮来去，有情而实无情，千古之循环兴废，大抵如斯。惟有此高世之想，故下阕与参寥子相约，尔我之交谊，应效谢安在新城欲自海道还，以遂其雅志，勿效羊昙他日发马策西州之感也。

洞仙歌

江南腊尽，早梅花开后。分付新春与垂柳。细腰支、自有入格风流。仍更是、骨体清英雅秀。　永丰坊那畔，尽日无人，谁见金丝弄晴昼。断肠是，飞絮时，绿叶成阴，无个事、一成消瘦。又莫是、东风逐君来，便吹散眉间，一点春皱。

此词与咏杨花相类，意有所指，非专咏柳也。“绿叶”以下数语似含讽刺，亦庄亦谐，耐人寻绎。

前调

仆七岁时，见眉山老尼姓朱，忘其名，年九十余。自言尝随其师入蜀主孟昶宫中。一日大热，蜀主与花蕊夫人夜起避暑摩诃池上，作一词，朱具能记之。今四十年，朱已死矣，人无知此词者。但记其首两句。暇日寻味，岂《洞仙歌令》乎？乃为足之云。

冰肌玉骨，自清凉无汗。水殿风来暗香满。绣帘开、一点明月窥人，人未寝，攲枕钗横鬓乱。　起来携素手，庭户无声，时见疏星渡河汉。试问夜如何，夜已三更，金波淡、玉绳低转。但屈指、西风几时来，又不道流年，暗中偷换。

全篇好语穿珠，清丽而兼高浑，风格似南唐二主。《漫叟诗话》称杨元素作本事曲，纪东坡《洞仙歌》词，有一士人，能诵其全篇，中有数句，与本集异。苕溪渔隐云："当以东坡自定为正。"

西江月　梅花

玉骨那愁瘴雾，冰肌自有仙风。海仙时遣探芳丛。倒挂绿毛幺凤。　素面翻嫌粉涴，洗妆不褪唇红。高情已逐晓云空。不与梨花同梦。

《冷斋夜话》谓东坡在惠州作《梅花》词，时侍儿名朝云者新亡，“其寓意为朝云作也”。“梨花”句非特悼逝，且用王建诗“梦中唤作梨花云”句，兼切咏梅也。

卜算子　黄州定惠院寓居作

缺月挂疏桐，漏断人初静。时见幽人独往来，缥缈孤鸿影。惊起却回头，有恨无人省。拣尽寒枝不肯栖，寂寞沙洲冷。

山谷云：“东坡道人在黄州时作，语意高妙，似非吃烟火食人语，非胸中有数万卷书，笔下无一点尘俗气，孰能至此。”鲖阳居士云：“缺月，刺明微也；漏断，暗时也；幽人，不得志也；独往来，无助也；惊鸿，贤人不安也；回头，爱君不忘也；无人省，君不察也；拣尽寒枝不肯栖，不偷安于高位也；寂寞吴江冷，非所安也。此与《考槃》诗相似。”居士之评如是，此词当有寄托，但寓意何在，览者当能辨之。宋曾丰曰：“东坡《卜算子》词，触兴于惊鸿，发乎性情也；收思于冷洲，归乎礼义也。”其为当时推重如是。

贺新郎

乳燕飞华屋。悄无人、桐阴转午，晚凉新浴。手弄生绡白团扇，扇手一时似玉。渐困倚、孤眠清熟。帘外谁来推绣户，枉教人、梦断瑶台曲。又却是，风敲竹。　石榴半吐红巾蹙。待浮花、浪蕊都尽，伴君幽独。秾艳一枝细看取，芳心千重似束。又恐被、秋风惊绿。若待得君来向此，花前对酒不忍触。共粉泪，两簌簌。

此词极写其特立独行之概。以上阕“孤眠”之“孤”字，下阕“幽独”之“独”字，表明本意。“新浴”及“扇手”三句喻其身之洁白，焉能与浪蕊浮花为伍，犹屈原不能以皓皓之白，入汶汶之世也。下阕“芳心千重似束”句及“秋风”句言已深闭退藏，而人犹不恕，极言其忧谗畏讥之意。对花真赏，知有何人，惟有沾襟之粉泪耳。

哨遍

睡起画堂，银蒜押帘，珠幕云垂地。初雨歇，洗出碧罗天，正溶溶养花天气。一霎暖、风回芳草，荣光浮动，卷皱银塘水。方杏靥匀酥，花须吐绣，园林排比红翠。见乳燕捎蝶过繁枝。忽一线炉香逐游丝。昼永人闲，独立斜阳，晚来情味。

便乘兴携将佳丽。深入芳菲里。拨胡琴语，轻拢慢撚总利。看紧约罗裙，急趋檀板，霓裳入破惊鸿起。颦月临眉，醉霞横脸，歌声悠扬云际。任满头红雨落花飞。渐鳷鹊楼西玉蟾低。尚徘徊、未尽欢意。君看今古悠悠，浮宦人间世。这些百岁光阴几日，三万六千而已。醉乡路稳不妨行，但人生、要适情耳。

此词凡二首，前首乃檃栝归去来词意，此首自写其闲淡旨趣。上阕“乳燕”“游丝”五句写春昼物态固佳，若谓隐喻人世纷扰，在冷眼观之尤妙。下阕以丝竹陶写哀乐，“落花”三句尤见雅兴，虽与渊明之独寻邱壑，行乐不同，而其聊以自娱，委心任命则同。

西江月

春夜行蕲水中，过酒家饮，酒醉，乘月至一溪桥上，解鞍曲肱少休。及觉，已晓。乱山葱茏，不谓尘世也。书此词于桥柱上。

照野弥弥浅浪，横空隐隐层霄。障泥未解玉骢骄。我欲醉眠芳草。　可惜一溪风月，莫教踏碎琼瑶。解鞍攲枕绿杨桥。杜宇一声春晓。

诵其下阕四句，清狂自放，有“万象宾客”之概。觉相如题桥，未能免俗也。

鹧鸪天

林断山明竹隐墙。乱蝉衰草小池塘。翻空白鸟时时见，照水红蕖细细香。　村舍外，古城旁。杖藜徐步转斜阳。殷勤昨夜三更雨，又得浮生一日凉。

情真景真，随手写来，盎然天趣。结尾二句较“一雨虚斋三日凉”诗尤耐吟讽。

望江南

春未老，风细柳斜斜。试上超然台上看，半壕春水一城花。烟雨暗千家。　寒食后，酒醒却咨嗟。休对故人思故国，且将新火试新茶。诗酒趁年华。

“春水”二句超然台之景宛然在目。下阕故人故国，触绪生悲，新火新茶，及时行乐，以此易彼，公诚达人也。

青玉案　和贺方回韵送伯固归吴中

三年枕上吴中路。遣黄犬、随君去。若到松江呼小渡。莫惊鸳鹭，四桥尽是，老子经行处。　辋川图上看春暮。常记高人右丞句。作个归期天已许。春衫犹是，小蛮针线，曾湿西湖雨。

因送友归吴，忆及松江四桥，并忆及西湖，重抚春衫，联想及小蛮针线，盖因西湖陈迹，常在念中，故触处兴怀，结句尤蕴藉多情。元白仁甫《天籁集·永遇乐·游西湖》云："更耐濛濛细雨，湿了小蛮针线。"即引用此词也。

临江仙　送钱穆父

一别都门三改火，天涯踏尽红尘。依然一笑作春温。无波真古井，有节是秋筠。　惆怅孤帆连夜发，送行淡月微云。樽前不用翠眉颦。人生如逆旅，我亦是行人。

前调

夜饮东坡醒复醉，归来仿佛三更。家童鼻息已雷鸣。敲门都不应，倚杖听江声。　长恨此身非我有，何时忘却营营。夜阑风静縠纹平。小舟从此逝，江海寄余生。

前首因送友而言我亦逆旅中行人之一，语极旷达。次首方写江上夜归情景，忽欲扁舟入海，此老胸次，时有绝尘霞举之思。《临江仙》调凡十二首，此二首最为高朗。

南乡子　重九涵辉楼呈徐君猷

霜降水痕收。浅碧鳞鳞露远洲。酒力渐消风力软，飕飕。破帽多情却恋头。　佳节若为酬。但把清尊断送秋。万事到头都是梦，休休。明日黄花蝶也愁。

恋我惟有破帽，写愁惟有胡蝶，皆托想高妙处。

菩萨蛮　回文夏闺怨

柳庭风静人眠昼。昼眠人静风庭柳。香汗薄衫凉。凉衫薄汗香。　手红冰碗藕。藕碗冰红手。郎笑藕丝长。长丝藕笑郎。

宋词中作回文体者绝少。《东坡乐府》中有七调，录其《四时闺怨》词《夏景》一首，以备一格。

浣溪沙 咏橘

菊暗荷枯一夜霜。新苞绿叶照林光。竹篱茅舍出青黄。
香雾噀人惊半破，清泉流齿怯初尝。吴姬三日手犹香。

此作纯用赋体，描写确肖。

行香子

清夜无尘。月色如银。酒斟时、须满十分。浮名浮利，虚苦劳神。叹隙中驹，石中火，梦中身。 虽抱文章，开口谁亲。且陶陶、乐尽天真。几时归去，作个闲人。对一张琴，一壶酒，一溪云。

一气写出，自乐其天，快人快语。放翁、山谷集中，时亦见之。

点绛唇　再和送钱公永

莫唱阳关，风流公子方终宴。泰山禹甸。缥缈真奇观。

北望平原，落日山衔半。孤帆远。我歌君乱。一送西飞雁。

下阕情韵高远。此调凡五首，夏闰庵爱此一首。

行香子

北望平川。野水荒湾。共寻春、飞步孱颜。和风弄袖，香雾萦鬟。正酒酣适，人语笑，白云间。　飞鸿落照，相将归去，淡娟娟、玉宇清闲。何人无事，宴坐空山。望长桥上，灯火乱，使君还。

淮北之地平旷，自京师至汴口并无山，故起笔有“北望平川”之语。淮河隔岸有南山，山有石崖，刻东坡《行香子》词，后题云：“与泗守过南山晚归作。”结句“长桥”“灯火”三句指泗守归去而言，设想有高人宴坐山中，下望长桥灯火，词心高妙。此词因禁元祐文字，遂镌去之。苕溪渔隐云："曾打得此碑，所书乃小字也。"

蝶恋花

花褪残红青杏小。燕子来时，绿水人家绕。枝上柳绵吹又少。天涯何处无芳草。　　墙里秋千墙外道。墙外行人，墙里佳人笑。笑渐不闻声渐悄。多情却被无情恼。

絮飞花落，每易伤春，此独作旷达语。下阕墙内外之人，干卿底事，殆偶闻秋千笑语，发此妙想，多情而实无情，是色是空，公其有悟耶？

水龙吟　笛

楚山修竹如云，异材秀出千秋表。龙须半剪，凤膺微涨，玉肌匀绕。木落淮南，雨晴云梦，月明风袅。自中郎不见，桓伊去后，知辜负、秋多少。　　闻道岭南太守，后堂深、绿珠娇小。绮窗学弄，梁州初遍，霓裳未了。嚼徵含宫，泛商流羽，一声云杪。为使君洗尽，蛮风瘴雨，作霜天晓。

愚溪云：“笛制，取良干，首存一节，节间留纤枝，剪而束之，节以下当膺处则微张，全体皆须白净。”此词上阕“龙须”三句形容尽致，“木落”三句咏笛而兼状景物，中郎桓伊，更悠然怀友，可谓句意并到。结句一奏霜天之曲，瘴雨蛮风，一时尽扫，见笛韵之高也。

好事近　西湖夜归

湖上雨晴时，秋水半篙初没。朱槛俯窥寒鉴，照衰颜华发。　醉中吹堕白纶巾，溪风漾流月。独棹小舟归去，任烟波摇兀。

西湖夜归，清幽之境也，不可无此雅词。下阕四句有潇洒出尘之致。结句“摇兀”二字下语尤得小舟之神。查初白诗“橹枝摇梦过春江”，其得趣正在摇字。“溪风漾流月”五字与唐人“滩月碎光流”句，皆写景入细。

阳关曲　三首

暮云收尽溢清寒。银汉无声转玉盘。此生此夜不长好，明月明年何处看。

受降城下紫髯郎。戏马台南旧战场。恨君不取契丹首，金甲牙旗归故乡。

济南春好雪初晴。才到龙山马足轻。使君莫忘霅溪女，还作阳关肠断声。

此三首重在音律，入乐府腔，即《小秦王》调。第一首第三句之“此”字、“不”字，必用仄声，第四句“何”字必用平声。三首皆同。以词论，第一首“此生此夜”二句固极达观，二、三首亦各有思致，音节复动宕入古。

戚氏

玉龟山。东皇灵媲统群仙。绛阙岧峣，翠房深迥，倚霏烟。幽闲。志萧然。金城千里锁婵娟。当时穆满巡狩，翠华曾到海西边。风露明霁，鲸波极目，势浮舆盖方圆。正迢迢丽日，玄圃清寂，琼草芊绵。　争解绣勒香鞯。鸾辂驻跸，八马戏芝田。瑶池近、画楼隐隐，翠鸟翩翩。肆华筵。间作脆管鸣弦。宛若帝所钧天。稚头皓齿，绿发方瞳，圆极恬淡高妍。　尽倒琼壶酒，献金鼎药，固大椿年。缥缈飞琼妙舞，命双成、奏曲醉留连。云璈韵响泻寒泉。浩歌畅饮，斜月低河汉。渐绮霞、天际红深浅。动归思、回首尘寰。烂漫游、玉辇东还。杏花风、数里响鸣鞭。望长安路，依稀柳色，翠点春妍。

以白雪之高词，发青霞之遐想，为《东坡乐府》二卷中希有之作。壮采奇情，神游八极，晋水璇台之享，九骥回翔；洞庭广乐之张，百灵踊跃，方斯词境。观其后段“玉辇”“长安”等句，心在魏阙，有少陵“依斗望京”之思乎？

阮郎归

绿槐高柳咽新蝉。熏风初入弦。碧纱窗下水沉烟。棋声惊昼眠。　微雨过，小荷翻。榴花开欲然。玉盆纤手弄清泉。琼珠碎又圆。

写闺情而不着妍辞，不作情语，自有一种闲雅之趣。

李之仪 一首

卜算子

我住长江头，君住长江尾。日日思君不见君，共饮长江水。
此水几时休，此恨何时已。只愿君心似我心，定不负相思意。

上阕四句真是古乐府俊语，与东坡诗“共饮玻璃江”用意略同。之仪著《姑溪词》一卷，凡八十八阕，工于小令，言情写景，以淡雅出之。如《鹧鸪天》云：“时时浸手心头熨，受尽无人知处凉。”《南乡子》云：“点滴芭蕉疏雨过，微凉。画角悠悠送夕阳。”《减字木兰花》云：“变尽星星。一滴秋霖是一茎。”又《南乡子》云：“步懒恰寻床。卧看游丝到地长。”人谓置之《片玉》《漱玉》集中，莫能伯仲。叔旸不列于南渡诸家，未免遗珠矣。

孔平仲　一首

千秋岁

春风湖外。红杏花初退。孤馆静，愁肠碎。泪余痕在枕，别久香消带。新睡起。小园戏蝶飞成对。　惆怅人谁会。随处聊倾盖。情暂遣，心何在。锦书消息断，玉漏花阴改。迟日暮，仙山杳杳空云海。

上阕“泪余”二语、下阕“锦书”二语句意并美。“戏蝶”结笔有“人独燕双”之感，“云海”结笔有“暮云春树”之怀。转头处四句寂寥谁慰，所倾盖者，皆悠泛之交，聊以自遣，知音难得，言下慨然。此词和秦少游韵，格调不让秦郎也。

王雱　一首

眼儿媚

杨柳丝丝弄轻柔。烟缕织成愁。海棠未雨，梨花先雪，一半春休。　而今往事难重省，归梦绕秦楼。相思只在，丁香枝上，豆蔻梢头。

“未雨”“先雪”四字颇新。下阕“梦绕秦楼”，而只在“丁香”“豆蔻”，丽不伤雅，托思空灵。

张景修　一首

选冠子　咏柳

嫩水挼蓝，遥堤影翠，半雨半烟桥畔。鸣禽弄舌，蔓草萦心，偏称谢家池馆。红粉墙头，步摇金缕，纤柔舞腰低软。被和风、搭在阑干，终日画帘高卷。　春易老，细叶舒眉，轻花吐絮，渐觉绿阴成幔。章台系马，灞水维舟，谁念凤城人远。惆怅故国阳关，杯酒飘零，惹人肠断。恨青青客舍，江头风笛，乱云空晚。

上阕皆切合本题，藻不妄抒，笔致亦灵动。转头四句咏柳渐成阴，句颇工细。凡咏柳者，易涉离情，作者不能外此。佳处在“章台”“灞水”三句浑成而有逸宕之致，结处更能振起全篇。

黄庭坚　七首

蓦山溪　赠衡阳妓陈湘

鸳鸯翡翠，小小思珍偶。眉黛敛秋波，尽湖南、山明水秀。娉娉袅袅，恰近十三余，春未透。花枝瘦。正是愁时候。

寻芳载酒。肯落谁人后。只恐远归来，绿成阴、青梅如豆。心期得处，每自不由人，长亭柳。君知否。千里犹回首。

鸳鸯翡翠，皆同命之鸟，起笔以之为喻。此词乃山谷闲情之赋也。“春未透”三句极为学者称赏。秦湛词云：“春透水波明，寒峭花枝瘦。”即仿此。

南歌子

槐绿低窗暗，榴红照眼明。玉人邀我少留行。无奈一帆烟雨、画船轻。　柳叶随歌皱，梨花与泪倾。别时不似见时情。今夜月明江上、酒初醒。

山谷少时，喜为纤靡之词，法秀道人戒之曰：“君之笔墨，应堕犁舌地狱。”答曰：“空中语耳。”集中此类词甚多，录其《南歌子》一首，婉而有韵，丽而能雅。上半首叙欲别之前，“画船”句摇曳生姿，有“每闻清歌，辄唤奈何”之意。后半首“柳叶”喻眉，“梨花”喻面，结句扁舟独夜，酒醒梦回，不言愁而愁怀无际，与“今宵酒醒何处，杨柳岸晓风残月”句，同其怅惘也。

逍遥乐

春意渐归芳草。故国佳人，千里信沉音杳。雨润烟光，晚景澄明，极目危阑斜照。梦当年少。对尊前、上客邹枚，小鬟燕赵。共舞雪歌尘，醉里谈笑。　花色枝枝争好。鬓丝年年渐老。如今遇风景，空瘦损、向谁道。东君幸赐与，天幕翠遮红绕。休休，醉乡歧路，华胥蓬岛。

词因春日怀人而作，但于感旧之余，具超尘之想，可见襟怀旷达。首三句叙明本意。“雨润”三句写当春景物，笔有闲适纡回之致。以下承“故国佳人”句，仙侣题襟，名姬劝酒，是何等兴会！不言愁而惆怅之思，溢于言外。下阕言春色重归，而旧雨飘零，年华老去，人何以堪！幸天意无私，不因人事而减其翠舞红酣之色。既悟盛筵之难再，则醉乡仙境，正可埋愁，即山谷《渔家傲》词落帽提壶，逢花一笑之意也。

西江月

断送一生惟有，破除万事无过。远山横黛蘸秋波。不饮旁人笑我。　花病等闲瘦弱，春愁没处遮拦。杯行到手莫留残。不道月斜人散。

起二句咏酒，而用成句作歇后语，为词中创格。《后山诗话》云：“盖韩诗有云：‘断送一生唯有酒。’‘破除万事无过酒。’才去一字，遂为切对，而语益峻。又云：‘杯行到手莫留残，不道月明人散。’谓思相离之忧，则不得不尽，而俗士改为留连，遂使两句相失。”

千秋岁　追和秦少游

少游得谪，尝梦中作词云：“醉卧古藤阴下，了不知南北。”竟以元符庚辰，死于藤州光华亭上。崇宁甲申，庭坚窜宜州，道过衡阳，览其遗墨，始追和其《千秋岁》词。

苑边花外。记得同朝退。飞骑轧，鸣珂碎。齐歌云绕扇，赵舞风回带。严鼓断，杯盘狼藉犹相对。　酒泪谁能会。醉卧藤阴盖。人已去，词空在。兔园高宴悄，虎观英游改。重感慨，波涛万顷珠沉海。

先叙同官之乐，后言长别之悲，结句极沉痛。《晁无咎词》卷中亦载此调，题云《次韵吊秦少游》。以山谷过藤州事证之，《无咎集》中当系误入也。

虞美人　宜州见梅花

天涯也有江南信。梅破知春近。夜阑风细得香迟。不道晓来开遍向南枝。　玉台弄粉花应妒。飘到眉心住。平生个里愿杯深。去国十年老尽少年心。

山谷受谴之日，投床酣卧，人服其德性坚定。此词殊方逐客，重见梅花，仅感叹少年，而绝无怨尤之语，诵其词可知其人矣。上阕“夜阑风细”二句殊清婉有致。

鹧鸪天

坐中有眉山隐客史应之和前韵，即席答之。

黄菊枝头生晓寒。人生莫放酒杯干。风前横笛斜吹雨，醉里簪花倒着冠。　身健在，且加餐。舞裙歌板尽情欢。黄花白发相牵挽，付与旁人冷眼看。

词为重九登高而作，凡二首，皆同韵。前首“冠”字韵云“我对西风犹整冠”，“看”字韵云“更把茱萸仔细看”，不及此押“冠”“看”二字，风趣殊胜。

郑仅 一首

调笑令

声切。恨难说。千里潮平春浪阔。梅风不解相思结。忍送落花飞雪。多才一去芳音绝。更对珠帘新月。

促拍幺弦，自成凄调。“落花飞雪”句及结句尤有情韵。

李元膺　一首

洞仙歌

雪云散尽，放晓晴庭院。杨柳于人便青眼。更风流多处，一点梅心，相映远。约略颦轻笑浅。　一年春好处，不在浓芳，小艳疏香最娇软。到清明时候，百紫千红花正乱。已失春风一半。早占取韶光、共追游，但莫管春寒，醉红自暖。

赏春须早，有“好花看到半开时”意。较“花开堪折直须折，莫待无花空折枝”诗尤为警动。日中则昃，操刀必割，凡事争天下之先，不仅赏春也。元膺尝曰：“一年春物，惟梅柳间意味最深。至莺花烂漫时，则春已衰迟，使人无复新意。余作《洞仙歌》，使探春者歌之，无后时之悔。”

秦观 二十五首

风流子

东风吹碧草，年华换、行客老沧洲。见梅吐旧英，柳摇新绿，恼人春色，还上枝头。寸心乱，北随云黯黯，东逐水悠悠。斜日半山，暝烟两岸，数声横笛，一叶扁舟。　青门同携手，前欢记、浑似梦里扬州。谁念断肠南陌，回首西楼。算天长地久，有时有尽，奈何绵绵，此恨无休。拟待倩人说与，生怕人愁。

“寸心乱”三句极写离愁之无限，以下之“斜日”“暝烟”四叠句遂一气奔赴，更觉力量深厚。下阕“天长地久”四句虽点化乐天《长恨歌》，而以“倩人说与”句融纳之，便运古入化，弥见情深。

八六子

倚危亭。恨如芳草，萋萋刬尽还生。念柳外青骢别后，水边红袂分时，怆然暗惊。　　无端天与娉婷。夜月一帘幽梦，春风十里柔情。怎奈何、欢娱渐随流水，素弦声断，翠绡香减，那堪片片飞花弄晚，濛濛残雨笼晴。正消凝。黄鹂又啼数声。

结句清婉，乃少游本色。起笔三句独用重笔，便能振起全篇。

浣溪沙

青杏园林煮酒香。佳人初试薄罗裳。柳丝摇曳燕飞忙。
乍雨乍晴花易老，闲愁闲闷日偏长。为谁消瘦减容光。

前半虽未见精湛，后三句则纯以轻笔写幽怀，若风拂柳丝，曼绿柔姿，留人顾盼，差近五代风格。〇此词一作晏殊词，或作欧阳修词。

满庭芳

晓色云开，春随人意，骤雨才过还晴。古台芳榭，飞燕蹴红英。舞困榆钱自落，秋千外、绿水桥平。东风里，朱门映柳，低按小秦筝。　多情。行乐处，珠钿翠盖，玉辔红缨。渐酒空金榼，花困蓬瀛。豆蔻梢头旧恨，十年梦、屈指堪惊。凭阑久，疏烟淡日，寂寞下芜城。

前写景，后言情，流利轻圆，是其制胜处。

金明池

琼苑金池，青门紫陌，似雪杨花满路。云日淡、天低昼永，过三点两点细雨。好花枝、半出墙头，似怅望、芳草王孙何处。更水绕人家，桥当门巷，燕燕莺莺飞舞。　怎得东君长为主。把绿鬓朱颜，一时留住。佳人唱、金衣莫惜，才子倒、玉山休诉。况春来、倍觉伤心，念故国情多，新年愁苦。纵宝马嘶风，红尘拂面，也则寻芳归去。

金明池在长安东门外，为春日裙屐踏青之地，烟波浩渺，弋人每于此获凫雁。上阕纪水边风物，“花枝”二句景中带情。下阕“宝马”“红尘”仍承上春游之意，人乐而我悲，所思不见，惟惆怅独归耳。

鹧鸪天

枝上流莺和泪闻。新啼痕间旧啼痕。一春鱼鸟无消息，千里关山劳梦魂。　无一语，对芳樽。安排肠断到黄昏。甫能炙得灯儿了，雨打梨花深闭门。

《古今词话》极赏此词，谓形容愁怨之意最工。结笔二句，颇有言外之意。

千秋岁

水边沙外。城郭春寒退。花影乱，莺声碎。飘零疏酒盏，离别宽衣带。人不见，碧云暮合空相对。　忆昔西池会。鹓鹭同飞盖。携手处，今谁在。日边清梦断，镜里朱颜改。春去也，飞红万点愁如海。

《冷斋夜话》谓少游此词“想见其神情在绛阙道山之间”，乃和其韵。《后山诗话》云：“世称秦词‘愁如海’为新奇，不知李后主已云：‘问君能有几多愁，恰似一江春水向东流。’但以江为海耳。”夏闰庵云：“此词以‘愁如海’一语生色，全体皆振，乃所谓警句也。如玉田所举诸句，能似此者甚罕。”少游殁于藤州，山谷过其地，追和此调以吊之。

鹊桥仙

纤云弄巧，飞星传恨，银汉迢迢暗度。金风玉露一相逢，便胜却、人间无数。　柔情似水，佳期如梦，忍顾鹊桥归路。两情若是久长时，又岂在、朝朝暮暮。

《草堂诗余》评云：“七夕歌以双星会少别多为恨，少游此词，谓两情若久，不在朝朝暮暮，所谓化臭腐为神奇，宁不醒人心目。”夏闰庵云：“七夕词最难作，宋人赋此者，佳作极少，惟少游一词可观，晏小山《蝶恋花》赋七夕尤佳。”

水龙吟　妓

小楼连苑横空，下窥绣毂雕鞍骤。疏帘半卷，单衣初试，清明时候。破暖轻风，弄晴微雨，欲无还有。卖花声过尽，斜杨院落，红成阵，飞鸳甃。　玉佩丁东别后。怅佳期、参差难又。名缰利锁，天还知道，和天也瘦。花下重门，柳边深巷，不堪回首。念多情但有，当时皓月，照人依旧。

原题但言赠妓。《高斋诗话》曰："少游在蔡州，与营妓娄婉字东玉者甚密，赠之词云：'小楼连苑横空。'"此词上阕"破暖轻风"七句，虽纯以轻婉之笔写春景，而观其下阕，则花香帘影中，有伤春人在也。

南歌子

玉漏迢迢尽，银潢淡淡横。梦回宿酒未全醒。已被邻鸡催起、怕天明。　臂上妆犹在，襟间泪尚盈。水边灯火渐人行。天外一钩残月、带三星。

此词与清真《蝶恋花》词相似，“邻鸡催起”句有清真侵晓惜别之意，“灯火人行”句有清真“露寒人远”之意，但情景真切，视清真尚隔一尘耳。《高斋诗话》以此词为赠妓陶心儿，故末句“残月带三星”，借喻心字也。

画堂春

东风吹柳日初长。雨余芳草斜阳。杏花零落燕泥香。睡损红妆。　香篆暗消鸾凤，画屏萦绕潇湘。暮寒轻透薄罗裳。无限思量。

《古今词话》云：“少游‘芳草’‘杏花’二句，善于赋景物；‘香篆’‘画屏’二句便含蓄无限思量之意。”此其有感而作也。

菩萨蛮

蛩声泣露惊秋枕。罗帷泪湿鸳鸯锦。独卧玉肌凉。残更与恨长。　阴风翻翠幔。雨涩灯花暗。毕竟不成眠。鸦啼金井寒。

清丽为邻，且余韵不尽，颇近五代词意。

踏莎行

雾失楼台，月迷津渡。桃源望断无寻处。可堪孤馆闭春寒，杜鹃声里斜阳暮。　驿寄梅花，鱼传尺素。砌成此恨无重数。郴江幸自绕郴山，为谁流下潇湘去。

《冷斋夜话》云："少游到郴州，作长短句（即此词）。……东坡绝爱其尾二句，自书于扇曰：'少游已矣！虽万人何赎。'"范元实《诗眼》云："淮海小词云'杜鹃声里斜阳暮'，山谷曰：'此词高绝！但既云"斜阳"，又云"暮"，则重出也。'欲改'斜阳'……难得好字。"

江城子

西城杨柳弄春柔。动离忧。泪难收。犹记多情，曾为系归舟。碧野朱桥当日事，人不见，水空流。　韶华不为少年留。恨悠悠。几时休。飞絮落花时候、一登楼。便做春江都是泪，流不尽，许多愁。

结尾二句与李后主之“恰似一江春水向东流”、徐师川之“门外重重叠叠山，遮不断愁来路”，皆言愁之极致。

点绛唇　桃源

醉漾轻舟，信流引到花深处。尘缘相误。无计花间住。
烟水茫茫，回首斜阳暮。山无数。乱红如雨。不记来时路。

作此题檃栝本意，凡手皆能。此词擅胜处，在笔轻而韵秀，如初写黄庭，恰到好处。

满庭芳

山抹微云，天黏衰草，画角声断谯门。暂停征棹，聊共引离樽。多少蓬莱旧事，空回首、烟霭纷纷。斜阳外，寒鸦数点，流水绕孤村。　消魂。当此际，香囊暗解，罗带轻分。漫赢得、青楼薄幸名存。此去何时见也，襟袖上、空惹啼痕。伤情处，高城望断，灯火已黄昏。

起三句写凉秋风物，一片萧飒之音，已隐含离思。四、五句叙明停鞭饯别，此后若接写别离，便落恒径。作者用拓宕之笔，追怀往事，局势振起，且不涉儿女语而托之蓬岛烟云，尤见超逸。“斜阳外”三句传神绵渺，向推隽咏。下阕纯叙离情。结笔返棹归来，登城遥望征帆，已隔数重烟浦，阑珊灯火，只益人悲耳。

望海潮 广陵怀古

星分牛斗，疆连淮海，扬州万井提封。花发路香，莺啼人起，珠帘十里春风。豪俊气如虹。曳照春金紫，飞盖相从。巷入垂杨，画桥南北翠烟中。　追思故国繁雄。有迷楼挂斗，月观横空。纹锦制帆，明珠溅雨，宁论雀马鱼龙。往事逐孤鸿。但乱云流水，萦带离宫。最好挥毫万字，一饮拚千钟。

首言州郡之雄壮，提挈全篇。次言途中之富丽，人物之豪俊。次乃及游赏归来，垂杨门巷，画桥碧阴，言居处之妍华，层层写出，如身到绿杨城郭。下阕言追怀炀帝时，其繁雄尤过于今日，迷楼朱障，极侈泰之娱；而物换星移，剩有乱云流水，与唐人过隋故宫诗“晚来风起花如雪，飞入宫墙不见人”及“闪闪残萤犹得意，夜深来往豆花丛”句，其感叹相似。

前调　洛阳怀古

梅英疏淡，冰澌溶泄，东风暗换年华。金谷俊游，铜驼巷陌，新晴细履平沙。长记误随车。正絮翻蝶舞，芳思交加。柳下桃蹊，乱分春色到人家。　西园夜饮鸣笳。有华灯碍月，飞盖妨花。兰苑未空，行人渐老，重来是事堪嗟。烟暝酒旗斜。但倚楼极目，时见栖鸦。无奈归心，暗随流水到天涯。

前段纪昔日游观之事。转头处“西园”三句极写灯火车骑之盛，惟其先用重笔，故重来感旧，倍觉凄清。后段真气流转，不下于《广陵怀古》之作。

如梦令

门外鸦啼杨柳。春色着人如酒。睡起熨沉香，玉腕不胜金斗。消瘦。消瘦。还是褪花时候。

前调

遥夜沉沉如水。风紧驿亭深闭。梦破鼠窥灯，霜送晓寒侵被。无寐。无寐。门外马嘶人起。

前调

幽梦匆匆破后。妆粉乱红沾袖。遥想酒醒来，无奈玉消花瘦。回首。回首。绕岸夕阳疏柳。

前调

楼外残阳红满。春入柳条将半。桃李不禁风，回首落英无限。肠断。肠断。人共楚天俱远。

前调

莺觜啄花红溜。燕尾点波绿皱。指冷玉笙寒，吹彻小梅春透。依旧。依旧。人与绿杨俱瘦。

此五首细审之当是一事，皆纪别之作。第一首总述春暮怀人，次首追叙欲别之时，马嘶人起，言送别也。三首“绕岸夕阳”言别后也。四首楚天人远，言远去也。与集中《南歌子》词由晓别而远去，次第写出，大致相似，但此分为数首耳。五首句最工丽，结处“绿杨俱瘦”与首章春暮怀人前后相应。

浣溪沙

漠漠轻寒上小楼。晓阴无赖似穷秋。淡烟流水画屏幽。
自在飞花轻似梦，无边丝雨细如愁。宝帘闲挂小银钩。

清婉而有余韵，是其擅长处。此调凡五首，此首最胜。

减字木兰花

天涯旧恨。独自凄凉人不问。欲见回肠。断尽金炉小篆香。　黛蛾长敛。任是东风吹不转。困倚危楼。过尽飞鸿字字愁。

“回肠”二句及“黛蛾”二句寻常之意，以曲折之笔写出，便生新致。结句含蕴有情。

米芾　一首

满庭芳

雅宴飞觞，清谈挥麈，使君高会群贤。密云双凤，初破镂金团。窗外炉烟自动，开瓶试、一品香泉。轻涛起，香生玉杵，雪溅紫瓯圆。　娇鬟。宜美盼，双擎翠袖，稳步红莲。座中客翻愁，酒醒歌阑。点上纱笼画烛，花骢弄、月影当轩。频相顾，余欢未尽，欲去且留连。

词在甘露寺与周君品茶而作。先咏烹茶，细腻熨贴，后言捧茶之人，便饶风韵，老子江楼，兴复不浅。襄阳官书画学博士，书法与苏、黄齐名，填词其余事，亦复俊爽。朱秀水《词综》仅选此一调。

赵令畤　三首

蝶恋花

欲减罗衣寒未去。不卷珠帘，人在深深处。红杏枝头花几许。啼痕止恨清明雨。　尽日水沉香一缕。宿酒醒迟，恼破春情绪。飞燕又将归信误。小屏风上西江路。

上段警拔不足而静婉有余，后段以闲淡之笔，写怀人心事。结处风华掩映，含蓄不尽。德麟为安定郡王，天水氏固多才子也。

锦堂春　春思

楼上萦帘弱絮，墙头碍月低花。年年春事关心事，肠断欲栖鸦。　舞镜鸾衾翠减，啼珠凤蜡红斜。重门不锁相思梦，随意绕天涯。

《苕溪渔隐丛话》云：“德麟‘重门不锁相思梦，随意绕天涯’、徐师川‘柳外重重叠叠山，遮不断愁来路’，二词造语虽不同，其意绝相类。”

清平乐

春风依旧。着意隋堤柳。搓得鹅儿黄欲就。天气清明时候。　去年紫陌青门。今年雨魄云魂。断送一生憔悴，只消几个黄昏。

抚今追昔，人之常情。此词结末二句，何沉痛乃尔。

贺铸　四十二首

望湘人　春思

厌莺声到枕，花气动帘，醉魂愁梦相半。被惜余熏，带惊剩眼。几许伤春春晚。泪竹痕鲜，佩兰香老，湘天浓暖。记小江、风月佳时，屡约非烟游伴。　须信鸾弦易断。奈云和再鼓，曲终人远。认罗袜无踪，旧处弄波清浅。青翰棹舣，白蘋洲畔。尽目临皋飞观。不解寄、一字相思，幸有归来双燕。

此词但标题《春思》，而鸾弦易断，自来多咏悼亡，观其《思越人》词“头白鸳鸯失伴飞”等句，此词当有望庐思人之感，非泛写春思也。题意重在起笔之“厌”字，“莺声”“花气”，正娱赏之时，而转厌其搅人愁梦，乃极写伤春之情绪。“泪竹”三句笔势展布，且凄艳动人。上阕既云兰竹湘天，后又云罗袜凌波，则所思者，当在水一方，想象于湘云楚雨间也。

思越人

谁爱松陵水似天。画船听雨奈无眠。清风明月休论价，卖与愁人直几钱。　挥醉笔，扫吟笺。一时朋辈饮中仙。白头□□江湖上，袖手低回避少年。

清风明月，本藉消愁，乃买不费钱，而愁人不取，其愁宁可解耶！下阕言人见其于少年场中敛手绝迹，安知当日狂倾阮籍之杯，高咏谪仙之句，亦翩翩浊世之人。盖袖手避之者，即其《踏莎行》词所谓“元龙非复少时豪”，图耳根清净耳。“白头”句原本缺二字。

前调

重过阊门万事非。同来何事不同归。梧桐半死清霜后，头白鸳鸯失伴飞。　原上草，露初晞。旧栖新垄两依依。空床卧听南窗雨，谁复挑灯夜补衣。

此在悼亡词中，情文相生，等于孙楚。“鸳鸯”句与潘安仁诗“如彼翰林鸟，双飞一朝只”正同。下阕从“新垄”“旧栖”见意。“原上草”二句悲新垄也，“空床”二句悲旧栖也。郭频伽词“挑灯影里，还认那人无睡”，宜其抚寒衣而陨涕矣。

捣练子

砧面莹，杵声齐。捣就征衣泪墨题。寄到玉关应万里，戍人犹在玉关西。

此调凡六首。第一首缺字甚多，此为第三首。与“却望并州是故乡”诗句，“行人更在青山外”词句皆有“更行更远”之意。其四首云“不为捣衣勤不睡，破除今夜夜如年”，五首云“想见垄头长戍客，授衣时节也思家”，六首云“连夜不妨频梦见，过年惟望得书归”，皆有唐人《塞下曲》思致。

南歌子

疏雨池塘见，微风襟袖知。阴阴夏木转黄鹂。何处飞来白鹭、立移时。　　易醉扶头酒，难逢敌手棋。日长偏与睡相宜。睡起芭蕉叶上、自题诗。

《南歌子》共二首。其第一首缺十字，有“分付一春心事两眉尖”句，写闺情极融浑。此首“白鹭”句写景，“芭蕉”句写景，皆有闲适之致，淡而弥永。

一落索

初见碧纱窗下绣。寸波频溜。错将黄晕压檀花，翠袖掩、纤纤手。　　金缕一双红豆。情通色授。不应学舞爱垂杨，甚长为、春风瘦。

妍情丽藻，颇似南唐。结句有含毫不尽意。

太平时

九曲池头三月三。柳毵毵。香尘扑马喷金衔。浣春衫。

苦笋鲥鱼乡味美。梦江南。阊门烟水晚风恬。落归帆。

昔人谓南方笋鲫之美，不让莼鲈，诵此词下阕，知吴阊风味之佳，宋人已称羡之。恽南田诗“江南鲜笋趁鲥鱼”与此同意。

定风波

墙上天桃簌簌红。巧随轻絮入帘栊。自是芳心贪结子。翻使。惜花人恨五更风。　露萼鲜浓妆脸靓。相映。隔年情事此门中。粉面不知何处在。无奈。武陵流水卷春空。

桃贪结子，使人恨花易凋残。陈云伯《题眉楼图》云：“东风不结相思子，种得桃花当写愁。”因顾横波无子，于眉楼外种桃花，则又爱其能结子也。桃本无情，重至湖州之小杜，见其满枝结子，只自伤耳。

踏莎行

杨柳回塘，鸳鸯别浦。绿萍涨断莲舟路。断无蜂蝶慕幽香，红衣脱尽芳心苦。　　返照迎潮，行云带雨。依依似与骚人语。当年不肯嫁春风，无端却被秋风误。

屏除簪绂，长揖归田，已如莲花之褪尽红衣，乃洗净铅华，而仍含莲子中心之苦，将怨谁耶？故下阕言当初不嫁春风，本冀秋江自老，岂料秋风不恤，仍横被摧残，盖申足上阕之意也。

小梅花

缚虎手。悬河口。车如鸡栖马如狗。白纶巾。扑黄尘。不知我辈，可是蓬蒿人。衰兰送客咸阳道。天若有情天亦老。作雷颠。不论钱。谁问旗亭，美酒斗十千。　　酌大斗。起为寿。青鬓常青古无有。笑嫣然。舞翩然。当垆秦女，十五语如弦。遗音能记秋风曲。事去千年犹恨促。揽流光。系扶桑。争奈愁来，一日即为长。

节短而韵长，调高而音凄，其雄恢才笔，可与放翁、稼轩争驱夺槊矣。

六州歌头

少年侠气，交结五都雄。肝胆洞。毛发耸。立谈中。死生同。一诺千金重。推翘勇。矜豪纵。轻盖拥。联飞鞚。斗城东。轰饮酒垆，春色浮寒瓮。吸海垂虹。闲呼鹰嗾犬，白羽摘雕弓。狡穴俄空。乐匆匆。　似黄粱梦。辞丹凤。明月共。漾孤篷。官冗从。怀倥偬。落尘笼。簿书丛。鹖弁如云众。供粗用。忽奇功。笳鼓动。渔阳弄。思悲翁。不请长缨，系取天骄种。剑吼西风。怅登山临水，手寄七弦桐。目送归鸿。

此与《小梅花》调皆雄健激昂，为集中希有之作。上阕“酒垆”以下七句、下阕“长缨”以下六句，尤为警拔。

雨中花

清滑京江人物秀。富美发、丰肌素手。宝子余妍，阿娇余韵，独步秋娘后。　　奈倦客襟怀先怯酒。问何意、歌颦易皱。弱柳飞绵，繁花结子，做弄伤春瘦。

上阕实赋其人，下阕飞绵结子之感。诵“容易生儿似阿侯”句，东山却被做弄，倦客伤春，徒怜瘦损耳。

燕瑶池

琼钩褰幔。秋风观。漫漫。白云联渡河汉。长宵半。参旗烂烂。何时旦。　　命闺人、金徽重按。商歌怨。依稀广陵清散。低眉叹。危弦未断。肠先断。

结句极沉痛，如孟才人之歌《河满》，寸寸回肠矣。

临江仙

巧剪合欢罗胜子，钗头春意翩翩。艳歌浅笑拜嫣然。愿郎宜此酒，行乐驻华年。　　未是文园多病客，幽襟凄断堪怜。旧游梦挂碧云边。人归落雁后，思发在花前。

《复斋漫录》云："黄山谷守当涂，方回于人日过之，席上用唐薛道衡句作词，山谷遂以《雁后归》名之。"此腔本名《临江仙》，今仍其旧云。此词未见特色，录之为词苑谈资。

水调歌头

南国本潇洒。六代浸豪奢。台城游冶。襞笺能赋属宫娃。云观登临清夏。璧月留连长夜。吟醉送年华。回首飞鸳瓦。却羡井中蛙。　访乌衣，寻白社。不容车。旧时王谢。堂前双燕过谁家。楼外河横斗挂。淮上潮平霜下。樯影落寒沙。商女篷窗罅。犹唱后庭花。

此阕平仄句皆叶韵，东山之创作也。录之以备一格。词系金陵怀古，宫娃能赋，曾吟璧月良宵；商女无愁，谁问故家梁燕，六朝如梦，感慨系之矣。

满江红

火禁初开，深深院、几重帘箔。人自起、翠衾寒梦，夜来风恶。肠断残红和泪落，半随轻雨飘池角。记采兰、携手曲江游，年时约。　　芳物大，都如昨。自怨别，疏行乐。被无情双燕，短封难托。谁念东阳消瘦骨，更堪白苎衣衫薄。向小窗、题满杏花笺，伤春作。

咏风雨摧花，而词心宛转随之，情与景皆臻妙境。下阕骨瘦更堪衣薄，乃加倍写愁法。结句亦简洁。

青玉案　题横塘路

凌波不过横塘路。但目送、芳尘去。锦瑟华年谁与度。月桥花榭，绮窗朱户。只有春知处。　　碧云冉冉蘅皋暮。采笔新题断肠句。试问闲愁都几许。一川烟草，满城风絮。梅子黄时雨。

“锦瑟”四句，花榭绮窗，只有春风吹到，其寂寥之况与离索之怀，皆寓其中。下阕“闲愁”以下四句用三叠笔写愁，如三叠阳关，令人凄绝。题标《横塘路》，当有伊人宛在，非泛写闲愁也。

感皇恩

兰芷满汀洲，游丝横路。罗袜尘生步。回顾。整鬟颦黛，脉脉多情难诉。细风吹落絮。人南渡。　回首旧游，山无重数。花底深朱户。何处。半黄梅子，向晚一帘疏雨。断魂分付与。春将去。

此调与前首皆录别之作。前首云“目送芳尘去”，乃指人而言；此云“南渡回首”，则就己而言。“细风”二句有远韵。下阕在万重山外寄思，由花底而朱户，而梅雨帘栊，离心层递而远，心凭谁寄，只可托付春风，惟名手能曲曲写出。

薄幸

淡妆多态。更的的、频回盼睐。便认得、琴心先许，欲绾合欢罗带。记画堂、风月逢迎，轻颦浅笑娇无奈。向睡鸭炉边，翔鸳屏里，与把香囊暗解。　自过了收灯夜，都不见、踏青挑菜。几回凭双燕，丁宁深意，往来却恨重帘碍。知何时再。正春浓酒困，人闲昼永聊赖。厌厌睡起，犹有花梢日在。

上阕追叙前欢，下阕言紫燕西来，已寄书多阻，姑借酒以消磨永昼。乃酒消睡醒，仍日未西沉，清昼悠悠，遣愁无计，极写其无聊之思。原题云《忆故人》，知其眷恋之深，调用《薄幸》，殆其自谓耶？

菩萨蛮

厌厌别酒商歌送。萧萧凉叶秋声动。小泊画桥东。孤舟月满篷。　高城遮短梦。衾藉余香拥。多谢五更风。犹闻城里钟。

别后乌篷小泊，夜色清幽，正在拥衾不寐，着想无从，忽闻城内钟声，其来处当与伊人相近，一缕相思，逐钟声俱往，或随风吹到君边也。

鹧鸪词

月痕依约到西厢。曾羡花枝拂短墙。初未识愁那得泪，每浑疑梦奈余香。　歌逢袅处眉先妩，酒半酣时眼更狂。闲倚绣帘吹柳絮，问人何似冶游郎。

下阕“歌袅”“酒酣”二句描写欢场情景，但冶游郎方沉酣春色，而倚帘人娇眼暗窥，方笑其轻浮如柳絮，颇寓警世之意。

石州引

薄雨收寒，斜照弄晴，春意空阔。长亭柳色才黄，远客一枝先折。烟横水际，映带几点归鸿，东风消尽龙沙雪。还记出关来，恰而今时节。　将发。画楼芳酒，红泪清歌，顿成轻别。回首轻年，杳杳音尘都绝。欲知方寸，共有几许新愁，芭蕉不展丁香结。枉望断天涯，两厌厌风月。

方回眷一丽姝，别后姝寄诗云：“独倚回阑泪满襟。小园春色懒追寻。深恩纵似丁香结，难展芭蕉一寸心。”方回用所寄诗意成此调，亦云《柳色黄》云。“长亭”以下七句顿挫有致，观其“龙沙”“出关”等句，当是北地胭脂。吴汉槎诗所谓“红粉空娇塞上春”也。

谒金门

花满院。飞去飞来双燕。红雨入帘寒不卷。晓屏山六扇。

翠袖玉笙凄断。脉脉两蛾愁浅。消息不知郎近远。一春长梦见。

前后阕分写情景，以高浑出之，不事雕饰，五代遗韵也。

忆秦娥

晓朦胧。前溪百鸟啼匆匆。啼匆匆。凌波人去，拜月楼空。　去年今日东门东。鲜妆辉映桃花红。桃花红。吹开吹落，一任东风。

上阕以远韵胜，下阕有“崔护桃花已隔年”之感。开落听诸东风，妙在不说尽，味在酸咸外矣。

忆仙姿

莲叶初生南浦。两岸绿杨飞絮。向晚鲤鱼风，断送彩帆何处。凝伫。凝伫。楼外一江烟雨。

表情处在叠用“凝伫”二字，传神处在“烟雨”句，离心无际，远在空濛江雨之中，小令固以融浑为佳。

小重山

花院深疑无路通。碧纱窗影下，玉芙蓉。当时偏恨五更钟。分携处，斜月小帘栊。　楚梦冷沉踪。一双金缕枕，半床空。画楼临水凤城东。楼前柳，憔悴几秋风。

此词由“窗下”而“分携”，而“沉踪”，层递写来，渐推渐远。结处秋柳城东，寄怀更远，觉情韵弥长也。

鹤冲天

鼕鼕鼓动，花外沉残漏。华月万枝灯，还清昼。广陌衣香度，飞盖影、相先后。个处频回首。锦坊西去，期约武陵溪口。

当时早恨欢难偶。何堪流浪远，分携久。小畹兰英在，轻付与、何人手。不似长亭柳。舞风眠雨，伴我一春消瘦。

此纪元夕灯火之盛。“华月”“清昼”句有“不知有月空中行”之意。“衣香”“飞盖”句有“暗尘随马”之意。下阕言兰英歌舞，今属谁边，转不如垂柳舞腰，尚肯伴沈郎瘦损，知灯火阑珊处，有愁人在也。

清平乐

阴晴未定。薄日烘云影。临水朱门花一径。渡口鸟啼人静。　恹恹几许春情。可怜老去兰成。看取镊残双鬓，不随芳草重生。

“临水”二句写景明丽而幽静。下阕凡咏芳草者，或言送别，或言怀人，原上池塘，尽多佳咏，此言衰鬓不如芳草，语新而意悲。

浣溪沙

湖上秋深藕叶黄。清霜消瘦损垂杨。洲觜嫩莎斜照暖，睡鸳鸯。　红粉莲娃何处在，西风不为管余香。今夜月明闻水调，断人肠。

上阕写景妍秀，下阕采莲人远，风散余香，转羡同梦鸳鸯，斜阳借暖，况水调凄清入听耶！上下阕结句情韵尤胜。

思越人

紫府东风放夜时。步莲秾李伴人归。五更钟动笙歌散，十里月明灯火稀。　香冉冉，梦依依。天涯寒尽减春衣。凤凰城阙知何处，寥落星河一雁飞。

前半言昔日之荣华，“月明”句殊清峭。后半言此时之寥落，结句有恋阙怀人之意。吴梅村诗“月斜宫阙雁还飞”，所感略同。

浣溪沙

青翰舟中祓禊筵。粉娥窥影两神仙。酒阑飞去作飞烟。
重访旧游人不见，雨荷风蓼夕阳天。折花临水思悠然。

下阕“雨荷”二句写景绝妙，且风韵悠然。

谒金门

杨花落。燕子横穿朱阁。常恨春醪如水薄。闲愁无处着。
绿野带江山络角。桃叶参差前约。历历短樯沙外泊。东风晚来恶。

《阳春白雪》录贺方回《谒金门》调原序曰：“李黄门梦得一曲，前遍二十言，后遍二十二言，而无其声。余采其前遍，润一‘横’字。已续二十五字写之云。”此调上半为李作，下半为贺作。“春醪”二句与“短樯”二句工力悉敌。《花草粹编》录李之后遍曰："去年今日王陵舍，鼓角秋风。千载辽东。回首人间万事空。"句调与贺词异也。

罗敷歌

自怜楚客悲秋思，手写丝桐。目断书鸿。平淡江山落照中。谁家水调声声怨，黄叶西风。罨画桥东。十二玉楼空复空。

《东山词》诸家谱录，并云三卷，汲古阁本合百六十九首为一卷。道光间王惠庵复由诸家选本中得四十首，为《补遗》一卷。今从《补遗》中选释得数首，即此首及以下所录也。此首"平淡江山"句宛有画意。"黄叶"三句空中传恨，正如转头句所谓"水调声声怨"也。

小重山

玉指金徽一再弹。新声传访戴，雪溪寒。两行墨妙破冰纨。牵情处，幽恨写毫端。 昵语强羞难。相逢真许似，镜中鸾。小梅疏影近杯盘。东风里，谁共倚阑干。

前调

帘影新妆一破颜。玳筵回雪舞，小云鬟。琼杯擢秀望难攀。凝情处，千里望蓬山。　歌断酒阑珊。画船箫鼓转，绿杨湾。坠钿残粉水堂关。斜阳里，双燕伴人闲。

《小重山》之“小梅”二句及次首之“歌断酒阑”六句写景中之人，词笔清丽。“斜阳”二句颇高浑，有五代遗意。

西江月

携手看花深院，扶肩待月斜廊。临分少伫已依依。此段不堪回想。　欲寄书如天远，难消夜似年长。小窗风雨碎人肠。更在孤舟枕上。

“小窗”二句论句法固属凄婉，析言之，曰“风雨”，曰“孤舟”，曰“枕上”，三折写来，更见客愁之重叠也。

诉衷情

不堪回首卧云乡。羁宦负清狂。年来镜湖风月，鱼鸟两相忘。　秦塞险，楚山苍。更斜阳。画桥流水，曾见扁舟，几度刘郎。

前调

半消檀粉睡痕新。背镜照樱唇。临风再歌团扇，深意属何人。　轻调笑，浅凝颦。认情亲。最难堪酒，似不胜情，依样伤春。

以上二首，其经意处皆在下阕。前首“秦塞”“楚山”，旧游前梦，都付斜阳，即眼前之流水扁舟，已换却刘郎几度，人事悠悠，共尺波电谢矣。次首“最难堪酒”三句写“愁罗恨绮”之怀，若柔丝之漾于空际也。

怨春风

玉津春水如蓝。官柳毵毵。桥上东风侧帽檐。记佳节、约是重三。　飞楼十二珠帘。恨不贮、当年采蟾。对梦雨廉纤。愁随芳草，绿遍江南。

醉春风

楼外屏山秀。凭阑新梦后。归云何许误心期，候候候。到陇梅花，渡江桃叶，断魂招手。　楚楚汗衫旧。啼痕曾枕袖。东阳咏罢不胜情，瘦瘦瘦。隋岸伤离，渭城恨远，一枝烟柳。

上首《怨春风》调“梦雨”三句不落言诠，词学至此，若参禅者已悟到空虚之境。次首《醉春风》调梅花赠远，桃叶迎春，本是情之所寄，而久候无踪，剩有断魂招手，情辞凄绝。下阕叠用三“瘦”字，而托诸灞岸渭城之柳，词境诚高，词心良苦矣。

踏莎行

霜叶栖萤，风枝袅鹊。水堂雏燕搴珠箔。一声横玉吹流云，厌厌凉月西南落。　江际吴边，山侵楚角。兰桡明夜芳洲泊。殷勤留与采香人，清尊不负黄花约。

夜凉月落，横笛吹云，极写幽悄之境。下阕言吴头楚角，兰楫采香，与其《望湘人》词之湘天风月，青翰移舟，寄怀相似，皆有湘灵楚艳之思。此调因下阕之第三句，亦名《芳洲泊》。

前调

鸦轧轻桡，鼕鼕叠鼓。浮槎晚下金牛渚。莫愁应自有愁时，篷窗今夜潇潇雨。　杜若芳洲，芙蓉别浦。依依艳笑逢迎处。随潮风向石城来，潮回好替人传语。

此调共三首，次首纪倚棹听歌，结有“兰情似怨临行促”“殷勤更唱江南曲”句，故此首有“莫愁”“石城”

语，用江南曲本意也。笑语芳洲，依依宛在，而传语者只仗回潮，篷窗听雨，能不黯然。诵“莫愁”句正如王阮亭诗“年来愁与春潮满，不信湖名尚莫愁”也。

僧仲殊　一首

柳梢青　吴中

岸草平沙。吴王故苑，柳袅烟斜。雨后寒轻，风前香软，春在梨花。　行人一棹天涯。酒醒处、残阳乱鸦。门外秋千，墙头红粉，深院谁家。

“雨后”三句及“秋千”三句，景与人分写，俱清丽为邻。而观其“残阳乱鸦”句，寄情在一片苍凉之境，知丽景秾春，固不值高僧一笑也。

周邦彦　六十五首

瑞鹤仙　高平

悄郊原带郭。行路永、客去车尘漠漠。斜阳映山落。敛余红犹恋，孤城阑角。凌波步弱。过短亭、何用素约。有流莺劝我，重解绣鞍，缓引春酌。　不记归时早暮，上马谁扶，醒眠朱阁。惊飙动幕。扶残醉，绕红药。叹西园已是，花深无地，东风何事又恶。任流光过却，犹喜洞天自乐。

前四句写郊行风景，“余红”句兼含情韵，与周草窗词“一片斜阳恋柳”并推佳咏。“凌波”至“春酌”数语，论词面不过言途逢旧眷，小饮留连，须于句秀而笔劲处着眼。转头处承上“春酌”句，回忆醉时，颇得神态。以下扶醉惜花，更多余感。结句开拓，不落恒蹊。夏闰庵云："此阕与《兰陵王》《浪涛沙》《大酺》《六丑》诸作，人巧至而天机随，词中之圣。与史迁之文，杜陵之诗，同为古今绝作，无与抗手者。"

兰陵王　越调　柳

柳阴直。烟里丝丝弄碧。隋堤上、曾见几番，拂水飘绵送行色。登临望故国。谁识。京华倦客。长亭路、年去岁来，应折柔条过千尺。　闲寻旧踪迹。又酒趁哀弦，灯照离席。梨花榆火催寒食。愁一箭风快，半篙波暖，回头迢递便数驿。望人在天北。　凄恻。恨堆积。渐别浦萦回，津堠岑寂。斜阳冉冉春无极。念月榭携手，露桥闻笛。沉思前事，似梦里，泪暗滴。

上阕但赋"柳"字，而有清刚之气。中阕之"梨花"句、下阕之"斜阳"句，闰庵云："有此二语顿挫之力，以下便一气奔赴。"余亦谓然。无此二语，则中阕于别后，即言行舟迅发；下阕在客途，即言回首前欢，便少纡徐之致。赖此顿挫，非特涵养局势，且句中风韵悠然，名作也。

浪涛沙 商调

昼阴重、霜凋岸草，雾隐城堞。南陌脂车待发。东门帐饮乍阕。正拂面、垂杨堪揽结。掩红泪、玉手亲折。念汉浦离鸿去何许，经时信音绝。　情切。望中地远天阔。向露冷风清无人处，耿耿寒漏咽。嗟万事难忘，惟是轻别。翠尊未竭。凭断云、留取西楼残月。罗带光销纹衾叠。连环解、旧香顿歇。怨歌永、琼壶敲尽缺。恨春去、不与人期，弄夜色，空余满地梨花雪。

上阕“垂杨”句以下数语，临岐与别后次第写出，其胜处在音节之脆，腕力之劲。下阕以“难忘”“轻别”四字引起下文。“翠尊”至“敲壶”数语，分六七层写来，但见其宛转而凄艳，而不觉其藻饰堆叠。闰庵亦云：“此七八句全是直写正面，再接再厉，急管繁弦，声声入破矣。”结处梨花如雪，在空际写怨，而先以“恨春去”句动荡之。末二句用倒装法，不着一平率之笔也。

大酺　越调　春雨

对宿烟收，春禽静，飞雨时鸣高屋。墙头青玉旆，洗铅霜都尽，嫩梢相触。润逼琴丝，寒侵枕障，虫网吹黏帘竹。邮亭无人处，听檐声不断，困眠初熟。奈愁极顿惊，梦轻难记，自怜幽独。　行人归意速。最先念、流潦妨车毂。怎奈向、兰成憔悴，卫玠清羸，等闲时、易伤心目。未怪平阳客，双泪落、笛中哀曲。况萧索、青芜国。红糁铺地，门外荆桃如菽。夜游共谁秉烛。

起笔言“烟收”“禽静”，以下“琴丝”三句，从旁面景物着想，为“春雨”传神。“愁极”“梦轻”三句从听雨者着想，皆不落滞相。转头处恐“流潦妨车”，别开意境，兼寓思归之意。“憔悴”三句用垫笔，为下文作势。“哀曲”句下复用“况”字以振起之，更见力量。结处不欲一泻无余，故“秉烛”句以含蓄出之。通首如公孙舞剑，极浑脱流利之观。史梅溪《春雨》词云“恐妨他佳约风流”，与此结句意略同。

六丑　中吕　落花

正单衣试酒，恨客里、光阴虚掷。愿春暂留，春归如过翼。一去无迹。为问花何在，夜来风雨，葬楚宫倾国。钗钿堕处遗香泽。乱点桃蹊，轻翻柳陌，多情为谁追惜。但蜂媒蝶使，时叩窗隔。　东园岑寂。渐蒙笼暗碧。静绕珍丛底、成叹息。长条故惹行客。似牵衣待话，别情无极。残英小、强簪巾帻。终不似、一朵钗头颤袅，向人欹侧。漂流处、莫趁潮汐。恐断鸿、尚有相思字，何由见得。

前五句言客里送春，“翼”“迹”二韵力破余地，词家赋送春者，无此健笔。“楚宫”三句哀艳而有缥缈之思。以下言惜花无人，不如蜂蝶之尚有余恋。下阕言花落之后，但余暗碧。王荆公所谓“春风取花去，酬我以清阴”，而在惜花者徒增太息耳。“长条”三句就花刺钩衣，以寓恋别，词为蔷薇花谢后作，故即事生情。“残英”四句承别情而言，因簪取残花，而绮思离愁一时齐赴，如小凤钗头之曾窥香颈。夏闰庵云：“是人是花，合而为一，变化无方。”结句言纵使花片随潮，相思留字，而长此漂流，无缘更见，一句一意，收来敏妙。闰庵云：“白石之《暗香》《疏影》，似脱胎于此。”但彼之迹象未化，尚隔一尘也。

点绛唇　仙吕

孤馆迢迢，暮天草露沾衣润。夜来秋近。月晕通风信。
今日原头，黄叶飞成阵。知人闷。故来相趁。共结临歧恨。

因送别之时，风吹黄叶，信手拈来，便成此解。可见随处景物，能手遇之，便能运用。词中下阕之意，以承接上阕为多。此词言昨宵风信，今见叶飞，其衔接尤为明显。

前调　仙吕　伤感

远鹤归来，故乡多少伤心地。寸书不寄。鱼浪空千里。
凭仗桃根，说与凄凉意。愁无际。旧时衣袂。犹有东门泪。

起笔即包举感旧怀乡之意。既乡书不达，姑且诉向桃根；而回顾襟边，泪痕犹在，次句之伤心事，可于泪痕证之。唐、五代词承乐府之遗，以小令为多，北宋渐有长调，至清真而开合矫变，极长调之能事。而集中小令，亦秀雅而含风韵。小晏、屯田，无以过之。此词之“衣袂”两句，即其一也。

少年游 商调

并刀如水，吴盐胜雪，纤手破新橙。锦幄初温，兽烟不断，相对坐调笙。　低声问向谁行宿，城上已三更。马滑霜浓，不如休去，直是少人行。

此调凡四首，乃感旧之作。其下三首皆言别后，以此首最为擅胜。上阕橙香笙语，乃追写相见情事。下阕代纪留宾之言，情深而语俊，宜其别后回思，丁宁片语，为之咏叹长言也。皋文《词选》录此及《六丑》二调。余所录较多，且加以诠释。毛晋刻《清真集》，其评注庞杂者删之，余妄加评论，得无为汲古翁所笑耶？

浣溪沙　黄钟

不为萧娘旧约寒。何因容易别长安。预愁衣上粉痕干。
幽阁深沉灯焰喜，小垆邻近酒杯宽。为君门外脱归鞍。

词人多作伤离之语，此乃言相见之欢。上阕三句作三折，不使一平衍之笔。观结句甫在门外下马，则“幽阁”二句，因见报喜之灯花，预暖洗尘之酒盏，皆代绿窗中人着笔也。语云：“欢娱之言难工，愁苦之音易好。”此词却工。

前调

翠葆参差竹径成。新荷跳雨碎珠倾。曲阑斜转小池亭。
风约帘衣归燕急，水摇扇影戏鱼惊。柳梢残日弄微晴。

通首皆写景，别是一格。字字矜炼，“归燕”二句宛似宋人诗集佳句，虽不涉人事，而景中之人，含有一种闲适之趣。“摇扇”句虽有人在，只是虚写。

前调

日射欹红蜡蒂香。风干微汗粉襟凉。碧绡对卷簟纹光。
自剪柳枝明画阁，戏抛莲菂种横塘。长亭无事好思量。

此为闺中逭暑之作。先言室内，虽仅言粉襟纹簟，而丽影已绰约其间。后半言室外，剪柳抛莲，写出闲雅之致。结句以含蕴出之，尤耐寻挹。

前调

宝扇轻圆浅画缯。象床平稳细穿藤。飞蝇不到避壶冰。
翠枕面凉偏益睡，玉箫手汗错成声。日长无力要人凭。

词意与前首相类，赋景物极妍丽之采，状闺情尽娇慵之态。《草堂诗余》选词，以春夏秋冬之景分隶之。此词洵夏令之绝妙好词也。

前调

日薄尘飞官路平。眼明喜见汴河倾。地遥人倦莫兼程。
下马先寻题壁字，出门闲记榜村名。早收灯火梦倾城。

长途倦客，薄晚停车，土壁认攲斜之字，茅檐访村落之名，皆陆行旅客确有之情景。写景以真切为贵，此等词是也。结句匆匆旅宿，犹忆倾城，周郎其在邯郸道中向卢生借枕耶？

前调

雨过残红湿未飞。珠帘一桁透斜晖。游蜂酿蜜窃香归。
金屋无人风竹乱，衣篝尽日水沉微。一春须有忆人时。

上阕写雨后春光明媚，风景宛然。下阕风篁成韵，香霭初残，凡静境撩人，最易幽怀枨触，有“风竹”二句蓄势，则昼静怀人之意，自注笔端矣。

前调

水涨鱼天拍柳桥。云鸠拖雨过江皋。一番春信入东郊。
闲碾凤团消短梦，静看燕子垒新巢。又移日影上花梢。

金萧闲老人以“明秀”名其词集，此词足当“明秀”二字。起二句颇含画意，有晚唐诗境佳处。

前调

楼上晴天碧四垂。楼前芳草接天涯。劝君莫上最高梯。
新笋已成堂下竹，落花都上燕巢泥。忍听林表杜鹃啼。

上阕有李白《菩萨蛮》词“有人楼上愁”“玉阶空伫立”之意。下阕“新笋”二句写景即言情，有手挥目送之妙。芳序已过，而归期犹滞，忍更听鹃声耶！

玲珑四犯　大石

秾李天桃，是旧日潘郎，亲试春艳。自别河阳，长负露房烟脸。憔悴鬓点吴霜，细念想、梦魂飞乱。叹画阑、玉砌都换。才始有缘重见。　夜深偷展香罗荐。暗窗前、醉眠葱蒨。浮花浪蕊都相识，谁更曾抬眼。休问旧色旧香，但认取芳心一点。又片时一阵，风雨恶，吹分散。

此调精湛处在“旧色”“芳心”二句。已色衰香退，而芳心一点，历久不渝，句意并美，宜为后人传诵。通首皆本此意。“画阑”“重见”二句，人事都非，而旧人相遇，更续前缘，彼浪蕊浮花，何足语此！下阕离合悲欢，转展曲尽。“浮花”句用垫笔有力。收句尤劲绝。

虞美人　正宫

廉纤小雨池塘遍。细点看萍面。一双燕子守朱门。比似寻常时候易黄昏。　宜城酒泛浮春絮。细作更阑语。相看羁思乱如云。又是一窗灯影两愁人。

此调凡六首，元巾箱本分隶于上、下卷及集外三卷。戈顺卿所选止二首。汲古阁刻《片玉词》，则六首并列之。此六首由将别而录别、而别后，细审词意，当是一事。汲古本于前后情事，排次不相连续，今为次第录释之。此当为第一首，在未别之时。上阕言同是黄昏时候，而在欲别者，只觉光阴迅逝。下阕言今宵虽双影灯前，以将有远行，离绪羁愁，已相继并集矣。

前调

灯前欲去仍留恋。肠断朱扉远。不须红雨洗香腮。待得蔷薇花谢便归来。　舞腰歌板闲时按。一任旁人看。金炉应见旧残煤。莫遣恩情容易似寒灰。

此首纪临别之语也。既告以春暮归期，勿弹别泪；又言但毋忘我，不妨歌舞依然，以消闲寂，宛转写来，如听喁喁情话。取譬炉灰，意新而情挚。

前调

金闺平帖春云暖。昼漏花前短。玉颜酒解艳红消。一向捧心啼困不成娇。　　别来新翠迷行径。窗锁玲珑影。砑绫小字夜来封。斜倚曲阑凝睇数归鸿。

此首写别后之怀。“啼困”“红消”，想为郎之憔悴。亲封“小字”，将报我以平安，乃从居者着想也。

前调

玉觞才掩朱弦悄。弹指壶天晓。回头犹认倚墙花。只向小桥南畔便天涯。　　银蟾依旧当窗满。顾影魂先断。凄风休飐半残灯。拟倩今宵归梦到云屏。

此首亦写别后之怀。小桥才过，怅咫尺即天涯；归梦飞来，愿残灯之留照。似水柔情，曲而能达，乃从行者寄思也。

前调

疏篱曲径田家小。云树开秋晓。天寒山色有无中。野外一声钟起送孤篷。　　添衣策马寻亭堠。愁抱惟宜酒。菰蒲睡鸭占陂塘。纵被行人惊散又成双。

此首纪客途之渐远也。偶见野塘双鸭，触绪怀人，与“微雨燕双飞”之词同感。

前调

淡云笼月松溪路。长记分携处。梦魂连夜绕松溪。此夜相逢恰似梦中时。　　海山陡觉风光好。莫惜金尊倒。柳花吹雪燕飞忙。生怕扁舟归去断人肠。

此首纪别后之出游也。偶旧地之重过，便怀分袂；喜清游之暂慰，翻恐独归。此与《蝶恋花》词皆录别缠绵之作。但彼则于一首中次第写之，此则分六首次第写之，情之所钟。正在君辈。

琐窗寒　越调

暗柳啼鸦，单衣伫立，小帘朱户。桐阴半亩，静锁一庭愁雨。洒空阶、夜阑未休，故人剪烛西窗语。似楚江暝宿，风灯零乱，少年羁旅。　　迟暮。嬉游处。正店舍无烟，禁城百五。旗亭唤酒，付与高阳俦侣。想东园、桃李自春，小唇秀靥今在否。到归时、定有残英，待客携尊俎。

词为寒食雨中作。闲淡写来，因雨而念故人，更念及湘楚旧游，苍凉寄感。“风灯”二句写出楚江夜泊风景。下阕因佳节而回忆当年，非特酒徒云散，即绛唇清唱，今在谁边？姑盼归期，冀堕欢重拾耳。上阕“故人剪烛”四句能情中带景，情味便厚，亦词家途径也。

南乡子　商调

晨色动妆楼。短烛荧荧悄未收。自在开帘风不定，飕飕。池面冰澌趁水流。　　早起怯梳头。欲绾云鬟又却休。不会沉吟思底事，凝眸。两点春山满镜愁。

集中《蝶恋花》及此调皆纪晓别，各擅风情。因上阕言征人晓发，寒威尚劲，故转头处言既惮寒，又兼惜别，致怯缩云鬟，代别后红闺着想，惟有凝眸不语，愁满镜中耳。袁简斋诗“一声江上红船橹，两角眉峰万点秋”、厉樊榭诗“将归预想迎门笑，欲别俄成满镜愁”，皆与此词结句情味相似。

瑞龙吟 大石

章台路。还见褪粉梅梢，试华桃树。愔愔坊陌人家，定巢燕子，归来旧处。　黯凝伫。因念个人痴小，乍窥门户。侵晨浅约宫黄，障风映袖，盈盈笑语。　前度刘郎重到，访邻寻里，同时歌舞。惟有旧家秋娘，声价如故。吟笺赋笔，犹记燕台句。知谁伴、名园露饮，东城闲步。事与孤鸿去。探春尽是，伤离意绪。官柳低金缕。归骑晚、纤纤池塘飞雨。断肠院落，一帘风絮。

首段言人如巢燕归来，花事方酣，人家依旧。次段回忆此地初逢，笑语风姿，宛然在目。三段实赋访旧，歌姬舞侣，大半飘零，闻说秋娘尚在，如洛中柳枝娘，犹能忆诵玉溪诗句。而此日名园寥寂，伴饮无人，伤别伤春，惟有一鞭归去。帘栊风絮，独自徘徊，通篇宛转写来，情景两融。“孤鸿”句至结句，景中见情，妙在不说破，其味无尽。夏闰庵云：“清真平写处，与屯田无异；至矫变处，自开境界。其择言之雅，造句之妙，非屯田所及也。”此调第一段、第二段属正平调，谓之双拽头。自“前度刘郎”以下，即犯大石调。至“归骑晚”以下四句，复入正平调。他本有从“声价如故”句分段者，非是。

齐天乐 正宫 秋思

绿芜凋尽台城路，殊乡又逢秋晚。暮雨生寒，鸣蛩劝织，深阁时闻裁剪。云窗静掩。叹重拂罗裀，顿疏花簟。尚有练囊，露萤清夜照书卷。　荆江留滞最久，故人相望处，离思何限。渭水西风，长安乱叶，空忆诗情宛转。凭高眺远。正玉液新篘，蟹螯初荐。醉倒山翁，但愁斜照敛。

起二句笼罩一切。其下以淡雅出之，清愁一片，摇漾于毫端。“乱叶”三句极苍凉之思。“敛”字韵夕阳光最，动人留恋，又最易感人，词客每以之作结句。闰庵云："此系黄钟宫正调。宜于深稳之词，他人或作激楚语者，非合作也。"

渡江云　小石

晴岚低楚甸，暖回雁翼，阵势起平沙。骤惊春在眼，借问何时，委曲到山家。涂香晕色，盛粉饰、争作妍华。千万丝、陌头杨柳，渐渐可藏鸦。　堪嗟。清江东注，画舸西流，指长安日下。愁宴阑、风翻旗尾，潮溅乌纱。今宵正对初弦月，傍水驿、深舣蒹葭。沉恨处，时时自剔灯花。

上阕言楚江作客，春光取次而来，皆平序景物。其写怀全在下阕，宴阑人散，送行者皆自崖而返，而扁舟孤客，泊苇荻荒滩，与冷月残灯相对，此词与柳屯田之"晓风残月"，皆善写客愁者。

应天长　商调

条风布暖，霏雾弄晴，池台遍满春色。正是夜堂无月，沉沉暗寒食。梁间燕，前社客。似笑我、闭门愁寂。乱花过、隔院芸香，满地狼藉。　长记那回时，邂逅相逢，郊外驻油壁。又见汉宫传烛，飞烟五侯宅。青青草，迷路陌。强载酒、细寻前迹。市桥远，柳下人家，犹自相识。

写寒食寂寥情况，以“梁间燕”“隔院香”衬托出之，不使一平笔。下阕强寻前迹，而紫陌人遥，虽门巷依依，不异蓬山远隔。辞意之清永，如嚼水精盐，无尘羹俗味也。

还京乐　大石

禁烟近，触处、浮香秀色相料理。正泥花时候，奈何客里，光阴虚费。望箭波无际，迎风漾日黄云委。任去远，中有万点相思清泪。　到长淮底。过当时、楼下殷勤，为说春来，羁旅况味。堪嗟误约乖期，向天涯、自看桃李。想而今、应恨墨盈笺，愁妆照水。怎得青鸾翼，飞归教见憔悴。

此调上下阕自“箭波”句至结笔，一气贯注，言万点泪痕，逐流波至长淮尽处，更过当时楼下，想楼中人之念我，笔力如精铜作钩，曲而且劲。言情处则遥想妆楼中恨墨愁妆，相思无极，安知独客伤离，亦为伊憔悴，倘归飞有翼，方知两心相忆同深也。

扫地花　双调

晓阴翳日，正雾霭烟横，远迷平楚。暗黄万缕。听鸣禽按曲，小腰欲舞。细绕回堤，驻马河桥避雨。信流去。一叶怨题，今到何处。　春事能几许。任占地持杯，扫花寻路。泪珠溅俎。叹将愁度日，痛伤幽素。恨入金徽，见说文君更苦。黯凝伫。掩重关、遍城钟鼓。

“信流去”三句宕笔有远神。下阕“占地持杯”二句细腻而老当。“泪珠”以下五句，闰庵云“笔势一气挥洒”。“恨入金徽”二句透到对面，顿挫有力。

丹凤吟　越调

迤逦春光无赖，翠藻翻池，黄蜂游阁。朝来风暴，飞絮乱投帘幕。生憎暮景，倚墙临岸，杏靥天斜，榆钱轻薄。昼永惟思傍枕，睡起无聊，残照犹在亭角。　况是别离气味，坐来但觉心绪恶。痛引浇愁酒，奈愁浓如酒，无计消铄。那堪昏暝，簌簌半檐花落。弄粉调朱柔素手，问何时重握。此时此意，生怕人道着。

起笔直揭“春光无赖”四字，以下八句将无赖意写得十分酣足，惟有无聊倚枕，以消永昼耳。上阕写景，下阕写情，而因恼人春色，益动离心，则景与情仍融成一片。转头以下五句笔转如环，更用“昏暝”“花落”二句作回旋顿挫，以蓄笔势。且“昏暝”二字，回应上文之暮景残照，章法周密。结处仍意不说尽，全阕无一率懈之笔。

解连环　商调

怨怀无托。嗟情人断绝，信音辽邈。信妙手、能解连环，似风散雨收，雾轻云薄。燕子楼空，暗尘锁、一床弦索。想移根换叶，尽是旧时，手种红药。　汀洲渐生杜若。料舟移岸曲，人在天角。漫记得、当日音书，把闲语闲言，待总烧却。水驿春回，望寄我、江南梅萼。拼今生、对花对酒，为伊泪落。

“燕子楼”二句语隽而意悲，“移根”三句倒装句法，倍觉其厚。下阕“漫记得”以下五句既烧却前书，又盼寄梅信，有“恩怨喁喁”之意。倘仍肯赠我梅花，当酬以泪点，长毋相忘也。

忆旧游　越调

记愁横浅黛，泪洗红铅，门掩秋宵。坠叶惊离思，听寒蛩夜泣，乱雨潇潇。凤钗半脱云鬓，窗影烛花摇。渐暗竹敲凉，疏萤照晚，两地魂消。　迢迢。问音信，道径底花阴，时认鸣镳。也拟临朱户，叹因郎憔悴，羞见郎招。旧巢更有新燕，杨柳拂河桥。但满目京尘，东风竟日吹露桃。

先将窗外之秋声，闺中之愁态，细细写出，以“两地魂消”句彼此开合，遂与下阕衔接一气。“朱户”三句追“为郎憔悴却羞郎”，妙在不说尽。“拂柳”“吹桃”等句，仍寄情于空际，弥觉蕴藉。“巢燕”句感光阴之易过耶？抑喻人事之更新耶？词境入空明之界矣。夏闰庵云：“上阕之结句，不可无此顿挫；下半阕一气带出，其得势在此。”

迎春乐 双调

清池小圃开云屋。结春伴、往来熟。忆年时、纵酒杯行速。看月上，归禽宿。　墙里修篁森似束。记名字、曾刊新绿。见说别来长，沿翠藓、封寒玉。

因题竹而怀人，情景皆真，清空一气。

一落索 双调

杜宇思归声苦。和春催去。倚阑一霎酒旗风，任扑面、桃花雨。　目断陇云江树。难逢尺素。落霞隐隐日平西，料想是、分携处。

“倚阑”二句写景俊逸，拟诸诗境，有“十里晓风吹不断，乱红飞雨过长亭”意境。“落霞”二句寄怀天末，离思与落霞、孤鹜齐飞矣。

满庭芳　中吕　夏日溧水无想山作

风老莺雏，雨肥梅子，午阴嘉树清圆。地卑山近，衣润费炉烟。人静乌鸢自乐，小桥外、新绿溅溅。凭阑久，黄芦苦竹，拟泛九江船。　年年。如社燕，飘流瀚海，来寄修椽。且莫思身外，长近樽前。憔悴江南倦客，不堪听、急管繁弦。歌筵畔，先安簟枕，容我醉时眠。

通首气脉之贯注，顿挫之蓄势，自是大家。下阕“身外”“尊前”数语，不着闲愁，自成馨逸，尤为超妙。谭复堂拈出“地卑山近”二句，谓是五代人语，为词家度尽金针。夏闰庵云：“换头处直贯篇终，有矫若游龙之势。”

少年游　黄钟

朝云漠漠散轻丝。楼阁淡春姿。柳泣花啼，九街泥重，门外燕飞迟。　而今丽日明金屋，春色在桃枝。不似当时，小楼冲雨，幽恨两人知。

此在荆州听雨怀旧之作。“不似当时”句，淡语也，而得力全在此句，使通篇筋骨俱动。

秋蕊香　双调

乳鸭池塘水暖。风紧柳花迎面。午妆粉指印窗眼。曲里长眉翠浅。　问知社日停针线。探新燕。宝钗落枕春梦远。帘影参差满院。

次句确是春暮絮飞风景。“宝钗”二句能状春闺昼静之神。近人唐树义诗“行近小窗知睡稳，湘帘如水不闻声”，方斯词境。

法曲献仙音　大石

蝉咽凉柯，燕飞尘幕，漏阁签声时度。倦脱纶巾，困便湘竹，桐阴半侵朱户。向抱影，凝情处，时闻打窗雨。　耿无语。叹文园、近来多病，情绪懒、尊酒易成间阻。缥缈玉京人，想依然、京兆眉妩。翠幕深中，对徽容、空在纨素。待花前月下，见了不教归去。

前半将幽居景物闲闲写出，后始转入言情，纨素犹存，而玉京人远，在静境中易涉幽想。后阕虽寄怀宛转，而纯用疏朗之笔，绝无缋饰，见格调之高。

过秦楼　大石

水浴清蟾，叶喧凉吹，巷陌马声初断。闲依露井，笑扑流萤，惹破画罗轻扇。人静夜久凭阑，愁不归眠，立残更箭。叹年华一瞬，人今千里，梦沉书远。　空见说、鬓怯琼梳，容消金镜，渐懒趁时匀染。梅风地溽，虹雨苔滋，一架舞红都变。谁信无聊为伊，才减江淹，情伤荀倩。但明河影下，还看稀星数点。

上半写情景，皆以闲淡之语出之。转头三句遥想闺愁，下语深细。“梅风”三句状梅雨光阴，尤新颖动目。且有此旋折，转入旅怀，局势便有开合。结句相望千里，共此明河，与少陵“依斗望京”，用意相似。

塞翁吟 大石

暗叶啼风雨，窗外晓色珑璁。散水麝，小池东。乱一岸芙蓉。蕲州簟展双纹浪，轻帐翠缕如空。梦远别，泪痕重。淡铅脸斜红。　忡忡。嗟憔悴，新宽带结，羞艳冶、都消镜中。有蜀纸、堪凭寄恨，等今夜、洒血书词，剪烛亲封。菖蒲渐老，早晚成花，教见熏风。

夏闰庵云："通首任笔直写，结语用宕笔，神味无穷。"

苏幕遮 般涉

燎沉香，消溽暑。鸟雀呼晴，侵晓窥檐语。叶上初阳干宿雨。水面清圆，一一风荷举。　故乡遥，何日去。家住吴门，久作长安旅。五月渔郎相忆否。小楫轻舟，梦入芙蓉浦。

"叶上"三句笔力清挺，极体物浏亮之致。

宴清都 中吕

地僻无钟鼓。残灯灭、夜长人倦难度。寒吹断梗，风翻暗雪，洒窗填户。宾鸿漫说传书，算过尽、千俦万侣。始信得、庾信愁多，江淹恨极须赋。　凄凉病损文园，徽弦乍拂，音韵先苦。淮山夜月，金城暮草，梦魂飞去。秋霜半入清镜，叹带眼、都移旧处。更久长、不见文君，归时认否。

通首情与景融成一片，合为凄异之音。此调当在浑灏流转处着眼。结句涉想悠然，怨入秋烟深处矣。

霜叶飞 大石

露迷衰草。疏星挂，凉蟾低下林表。素娥青女斗婵娟，正倍添凄悄。渐飒飒丹枫撼晓。横天云浪鱼鳞小。似故人相看，又透入、清辉半饷，特地留照。　迢递望极关山，波穿千里，度日如岁难到。凤楼今夜听秋风，奈五更愁抱。想玉匣哀弦闭了。无心重理相思调。见皓月、牵离恨，屏掩孤颦，泪流多少。

前段以清利之笔写秋色，已足制胜。后段言情，“秋风”“玉匣”四句凄清欲绝。虽上阕写景，下阕写情，而“清辉”与“皓月”句相映带，非情景前后判然，且句中复顿挫生姿。

花犯 小石　梅花

粉墙低，梅花照眼，依然旧风味。露痕轻缀。疑净洗铅华，无限佳丽。去年胜赏曾孤倚。冰盘同燕喜。更可惜，雪中高树，香篝熏素被。　今年对花最匆匆，相逢似有恨，依依愁悴。吟望久，青苔上，旋看飞坠。相将见、脆丸荐酒，人正在、空江烟浪里。但梦想、一枝潇洒，黄昏斜照水。

宋词中咏“梅花”者，侔色揣称，各极其工。此词论题旨，在“旧风味”三字而以“去年”“今年”分前、后段标明之。下阕自“吟望久”至结句，纯从空处落笔，非实赋梅花。闰庵云：“此数语极吞吐之妙。”

丁香结　商调

苍藓沿阶，冷萤黏屋，庭树望秋先陨。渐雨凄风迅。淡暮色、倍觉园林清润。汉姬纨扇在，重吟玩、弃掷未忍。登山临水，此恨自古，消磨不尽。　牵引。记试酒归时，映月同看雁阵。宝幄香缨，熏炉象尺，夜寒灯晕。谁念留滞故国，旧事劳方寸。唯丹青相伴，那更尘昏蠹损。

先写现时之景，而纨扇忍捐，已引起下文怀人之意。后半“试酒”以下五句，追写旧时之景，情态依依。结句凄韵绕梁，非特语有含蓄也。

氐州第一　商调

波落寒汀，村渡向晚，遥看数点帆小。乱叶翻鸦，惊风破雁，天角孤云缥缈。官柳萧疏，甚尚挂、微微残照。景物关情，川途换目，顿来催老。　渐解狂朋欢意少。奈犹被、思牵情绕。座上琴心，机中锦字，觉最萦怀抱。也知人、悬望久，蔷薇谢、归来一笑。欲梦高唐，未成眠、霜空已晓。

前八句状水天景物，“残照”二句为秋柳传神，而以“关情”“换目”承上八句，则所见景色，皆有“物换星移”之感。自转头至结句，如明珠走盘，一丝萦曳。夏闰庵以“曲而婉”三字评之，殊当。

解蹀躞 商调

候馆丹枫吹尽，面旋随风舞。夜寒霜月飞来伴孤旅。还是独拥秋衾，梦余酒困都醒，满怀离苦。　甚情绪。深念凌波微步。幽房暗相遇。泪珠都作秋宵枕前雨。此恨音驿难通，待凭征雁归时，带将愁去。

词有放笔为直干而亦有趣致者，此词上阕之抒写旅怀是也。歇拍二句，闰庵云：“音驿难通，而征雁翻能带去，似不可解。而中有至情，词中措语之妙也。”

解语花 高平 元宵

风销焰蜡，露浥烘炉，花市光相射。桂华流瓦。纤云散，耿耿素娥欲下。衣裳淡雅。看楚女、纤腰一把。箫鼓喧，人影参差，满路飘香麝。　因念都城放夜。望千门如昼，嬉笑游冶。钿车罗帕。相逢处，自有暗尘随马。年光是也。惟只见、旧情衰谢。清漏移，飞盖归来，从舞休歌罢。

词因“元宵”而抚今追昔，分前后段赋之，笔势流转，一往情深。张文潜序贺方回词，谓其“满心而发，肆口而成，虽欲已焉而不得者”。论者谓深得贺词之妙，余谓此词亦然。

水龙吟　越调　梨花

素肌应怯余寒，艳阳占立青芜地。樊川照日，灵关遮路，残红敛避。传火楼台，妒花风雨，长门深闭。亚帘栊半湿，一枝在手，偏勾引、黄昏泪。　别有风前月底。布繁英、满园歌吹。朱铅退尽，潘妃却酒，昭君乍起。雪浪翻空，粉裳缟夜，不成春意。恨玉容不见，琼妃漫好，与何人比。

前五句实赋“梨花”，其下“传火”二句从侧面写，“雪浪”二句从正面写，非特词笔妍秀，且以“长门”句、“春意”句承之，更觉情味不尽。结句“比”字韵语新而情重，洵芳悱善怀者。

西河　大石　金陵

佳丽地。南朝盛事谁记。山围故国绕清江，髻鬟对起。怒涛寂寞打孤城，风樯遥度天际。　断崖树，犹倒倚。莫愁艇子曾系。空余旧迹郁苍苍，雾沉半垒。夜深月过女墙来，赏心东望淮水。　酒旗戏鼓甚处市。想依稀、王谢邻里。燕子不知何世。向寻常巷陌人家相对。如说兴亡斜阳里。

闰庵评此词前二段云：“佳处在境界之高。若仅以点化唐人诗意论之，尚浅。”余谓第三段“燕子”“斜阳”数语，在神韵之远，若仅以点化“王谢堂前”诗意论之，尚浅。

品令　商调　梅花

夜阑人静。月痕寄、梅梢疏影。帘外曲角阑干近。旧携手处，花发雾、寒成阵。　应是不禁愁与恨。纵相逢难问。黛眉曾把春衫印。后期无定，肠断香消尽。

闰庵评云："此中有人，呼之欲出。"

玉楼春　仙吕　惆怅

玉琴虚下伤心泪。只有文君知曲意。帘烘楼迥月宜人，酒暖香融春有味。　萋萋芳草迷千里。惆怅王孙行未已。天涯回首一消魂，二十四桥歌舞地。

前半阕足当深、稳二字。

绮寮怨　中吕

上马人扶残醉，晓风吹未醒。映水曲、翠瓦朱檐，垂杨里、乍见津亭。当时曾题败壁，蛛丝罩、淡墨苔晕青。念去来、岁月如流，徘徊久、叹息愁思盈。　去去倦寻路程。江陵旧事，何曾再问杨琼。旧曲凄清。敛愁黛、与谁听。尊前故人如在，想念我、最关情。何须渭城。歌声未尽处、先泪零。

起二句工于发端，"败壁"二句凡昔年村店题墙，客子重过，自有一种征途怀旧之感，况蛛丝苔晕，极荒寒耶！下阕“旧曲”三句作一顿挫，以下如乘溜放舟，不须篙橹，其情词之幽咽，若清夜啼猿，令人不怡也。

拜星月慢　高平　秋思

夜色催更，清尘收露，小曲幽坊月暗。竹槛灯窗，识秋娘庭院。笑相遇，似觉琼枝玉树，暖日明霞光烂。水眄兰情，总平生稀见。　画图中、旧识春风面。谁知道、自到瑶台畔。眷恋雨润云温，苦惊风吹散。念荒寒、寄宿无人馆。重门闭、败壁秋虫叹。怎奈向、一缕相思，隔溪山不断。

起笔五句写景幽丽，仿佛见小姑居处。下阕“雨润云温”何等旖旎，“秋虫空馆”何等荒寒，两相写照，情孰能堪！人与寒蛩，同声叹息矣。

绕佛阁　大石　旅情

暗尘四敛，楼观迥出，高映孤馆。清漏将短。厌闻夜久签声动书幔。桂华又满。闲步露草，偏爱幽远。花气清婉。望中迤逦城阴度河岸。　倦客最萧索，醉倚斜桥穿柳线。还似汴堤虹梁横水面。看浪飐春灯，舟下如箭。此行重见。叹故友难逢，羁思空乱。两眉愁、向谁舒展。

“桂华”五句及下阕“浪飐”二句写景真切，语复俊逸，惟清真擅此，柳屯田差堪伯仲。后幅旧境重逢而故人不见，停雪落月，今古同慨也。

一寸金　小石

州夹苍崖，下枕江山是城郭。望海霞接日，红翻水面，晴风吹草，青摇山脚。波暖凫鹥作。沙痕退、夜潮正落。疏林外、一点炊烟，渡口参差正寥廓。　自叹劳生，经年何事，京华信飘泊。念渚蒲汀柳，空归闲梦，风轮雨楫，终辜前约。情景牵心眼，流连处、利名易薄。回头谢、冶叶倡条，便入渔钓乐。

胜处全在上阕，写江路景物如画，好语穿珠，无懈可击。但此等词宋贤尚有能手，未见清真本色也。

蝶恋花　商调

月皎惊乌栖不定。更漏将残，轳辘牵金井。唤起两眸清炯炯。泪花落枕红绵冷。　执手霜风吹鬓影。去意徊徨，别语愁难听。楼上阑干横斗柄。露寒人远鸡相应。

此纪别之词。从将晓景物说起，而唤睡醒，而倚枕泣别，而临风执手，而临别依依，而行人远去，次第写出，情文相生，为自来录别者希有之作。结句七字神韵无穷，吟讽不厌，在五代词中，亦上乘也。

玉楼春　大石

桃溪不作从容住。秋藕绝来无续处。当时相候赤栏桥，今日独寻黄叶路。　烟中列岫青无数。雁背斜阳红欲暮。人如风后入江云，情似雨余黏地絮。

此调凡四首，以此首为最。上下阕之后二句，寓情味于对偶句中，“江云”“雨絮”，取譬尤隽。

夜飞鹊 道宫 别情

河桥送人处，凉夜何其。斜月远堕余辉。铜盘烛泪已流尽，霏霏凉露沾衣。相将散离会，探风前津鼓，树杪参旗。华骢会意，纵扬鞭、亦自行迟。　迢递路回清野，人语渐无闻，空带愁归。何意重红满地，遗钿不见，斜径都迷。兔葵燕麦，向残阳、欲与人齐。但徘徊班草，欷歔酹酒，极望天西。

“津鼓”二句写别时风景清峭，“华骢”二句善状离情。下阕言别后独归，“重红”五句在景中写情，方见深厚，为后人度尽金针。

芳草渡 双调 别恨

昨夜里，又再宿桃源，醉邀仙侣。听碧窗风快，珠帘半卷疏雨。多少离恨苦。方留连啼诉。凤帐晓，又是匆匆，独自归去。　愁睹。满怀泪粉，瘦马冲泥寻去路。漫回首、烟迷望眼，依稀见朱户。似痴似醉，暗恼损、凭阑情绪。淡暮色，看尽栖鸦乱舞。

前半纪别而已。转头以下写别时情味，能宛转达意，其制胜尤在结末二句。闰庵云:“无此二句,则此词无可生色矣。”

蓦山溪　大石

楼前疏柳，柳外无穷路。翠色四天垂，数峰青、高城阔处。江湖病眼，偏向此山明，愁无语。空凝伫。两两昏鸦去。　平康巷陌，往事如花雨。十载却归来，倦追寻、酒旗戏鼓。今宵幸有，人似月婵娟。霞袖举。杯深注。一曲黄金缕。

下阕之叙事，不及上阕之寓情于景，江山城阙，极目飞鸦，托思在云天苍莽处。刘肃序《清真集》曰：“辞不轻措，辞之工也。阅辞必详其所措。”此词擅胜在上阕，即其措意处，阅词者可以类推。

南乡子　商调　咏秋夜

户外井桐飘。淡月疏星共寂寥。恐怕霜寒初索被，中宵。已觉秋声引雁高。　罗带束纤腰。自剪灯花试采毫。收起一封江北信，明朝。为问江头早晚潮。

纯以风韵胜，情味把挹弥永。

月下笛　越调

小雨收尘，凉蟾莹彻，水光浮璧。谁知怨抑。静倚官桥吹笛。映宫墙、风叶乱飞，品高调侧人未识。想开元旧谱，柯亭遗韵，尽传胸臆。　阑干四绕，听折柳徘徊，数声终拍。寒灯陋馆，最感平阳孤客。夜沉沉、雁啼正哀，片云尽卷清漏滴。黯凝魂，但觉龙吟万壑天籁息。

上阕赋笛，其辞高以洁；下阕赋闻笛，其思深而悲，结句有绕梁三日意，吹笛者当是能手。周郎亦善顾曲者，得此佳词，不数赵倚楼矣。美成集传世者，以汲古毛氏《片玉词》为最著。光绪间，王鹏运得明钞元本，编次体例，与《片玉词》异；又见元刻陈元龙注本，据以校订，于二卷外，见于毛刻者，为《集外词》一卷。惟卷中佳构，不若前二集之多。兹录其《蓦山溪》以下三调。而《南乡子》《月下笛》二调，尤为擅胜也。

司马槱　一首

蝶恋花

妾本钱塘江上住。花落花开，不管流年度。燕子衔将春色去。纱窗几阵黄梅雨。　斜插犀梳云半吐。檀板轻敲，唱彻黄金缕。望断行云无觅处。梦回明月生南浦。

词因梦中见一女子所歌，为足成之。上阕写残春风景，下阕写凉夜情怀，皆代女子着想。琢句工妍，传情凄婉。欧阳永叔有《玉楼春》词咏妓馆云：“强将离恨倚江楼，江水不能流恨去。”《草堂诗余》录司马此词，谓其祖六一翁词意。

秦湛　一首

谒金门

鸳鸯浦。春涨一江花雨。隔岸数声初过橹。晚风生碧树。

舟子相呼相语。载取暮愁归去。寒食江村芳草路。愁来无着处。

“隔岸”二句写水乡风物，有闲远之致。结句虽言“愁无着处”，而其上句“寒食”七字，即其愁来之处。盖以寒食之芳时，江村之行客，芳草之感人，凡思乡、怀友、伤春、羁泊之情，一时并集，触景纷来，转觉愁无着处。平子工愁，不是过也。

王安中　二首

蝶恋花　桃花

秾艳夭桃春信漏。弄粉飘香，枫叶飞丹后。酒入冰肌红欲透。无言不许群芳斗。　楼外何人揎翠袖。翦落金刀，插处浓云覆。肯与刘郎仙去否。武陵曲路相思瘦。

安阳好

安阳好，曲水似山阴。咽咽清泉岩溜细，弯弯碧甃篆痕深。永昼坐披襟。　红袖小，歌扇画泥金。鸭绿波随双叶转，鹅黄酒到十分斟。重听绕梁音。

初寮长于制诰，李汉老叹为徽宗时第一人。周益公称其诗文“似坡公暮年之作”。又云：“黄、张、秦、晁既殁，……莫出公右。”有《初寮词》一卷，仅四十余调。其中《安阳好》六调、咏花六调，为当时所称，今各选其一调云。

叶梦得 四首

贺新郎

睡起流莺语。掩苍苔、房栊向晓，乱红无数。吹尽残花无人见，惟有垂杨自舞。渐暖霭、初回轻暑。宝扇重寻明月影，暗尘侵、上有乘鸾女。惊旧恨，镇如许。　江南梦断蘅皋渚。浪黏天、蒲萄涨绿，半空烟雨。无限楼前沧波意，谁采蘋花寄取。但怅望、兰舟容与。万里云帆何时到，送孤鸿、目断千山阻。谁为我，唱金缕。

“残花”二句喻无限离怀，只堪独喻。下阕“楼前”五句写临江望远之神，寄情绵远，笔复空灵。词有以真气为尚者，如明镜中不着尘沙一点也。

念奴娇

中秋宴客，有怀壬午岁吴江长桥。

洞庭波冷，望冰轮初转，苍海沉沉。万顷孤光云阵卷，长笛吹破层阴。汹涌三江，银涛无际，遥带五湖深。酒阑歌罢，至今鼍怒龙吟。　回首江海平生，飘零容易散，佳会难寻。缥缈高城风露爽，独倚危槛重临。醉倒清尊，嫦娥应笑，犹有向来心。广寒宫殿，为余聊借琼林。

胜游佳伴，人生能有几回？明知佳会难寻，而事后追思，尚有余恋，此词能曲曲道出。“犹有向来心”，宜为嫦娥所笑也。结句更托想在琼楼玉宇，心为形役，但有神游，如庄子之以神为马，则天空海阔，任我翱翔耳。此调在宋人词中，多用仄韵。《石林词》一卷中，《念奴娇》凡三调，用平韵者二调。

水调歌头

九月望日，与客习射西园，余病不能射。

霜降碧天静，秋事促西风。寒声隐地初听，中夜入梧桐。起瞰高城回望，寥落关河千里，一醉与君同。叠鼓闹清晓，飞骑引雕弓。　岁将晚，客争笑，问衰翁。平生豪气安在，走马为谁雄。何似当筵虎士，挥手弦声响处，双雁落遥空。老矣真堪愧，回首望云中。

石林居士著书百卷，藏书万卷，其词与苏、柳并传，不作柔殢妇人语。此词上阕起、结句咸有峭劲之致。下阕清气往来，十句如一句写出，自谓豪气安在，其实字里行间，仍是百尺楼头气概也。

念奴娇

云峰横起，障吴关三面，真成尤物。倒卷回潮目尽处，秋水黏天无壁。绿鬓人归，如今虽在，空有千茎雪。追寻如梦，漫余诗句犹杰。　闻道尊酒登临，孙郎终古恨，长歌时发。万里云屯瓜步晚，落日旌旗明灭。鼓吹风高，画船遥想。一笑吞穷发。当时曾照，更谁重问山月。

起句写江上所见，从云峰着想，笔势亦如云峰突兀。“回潮”二句波长天阔，思接浑茫。“绿鬓”数句观河面皱，虽属恒情，而笔殊俊爽。下阕追慨孙郎，“落日”“云屯”二句英词壮采，颇似东坡。此调本和东坡韵也。

汪藻 一首

点绛唇

新月娟娟，夜寒江静山衔斗。起来搔首。梅影横窗瘦。
好个霜天，闲却传杯手。君知否。乱鸦啼后。归思浓如酒。

彦章出守泉州，移知宣城，内不自得，乃作此词。或问彦章词中“乱鸦”句命意所在，答曰：“奈此群小何！”《能改斋漫录》云：“有改‘乱鸦’为‘晚鸦’，‘归思’为‘归梦’者，全乖本旨矣。”

曹组　一首

蓦山溪

洗妆真态，不假铅华饰。竹外一枝斜，想佳人、天寒日暮。黄昏院落，无处着清香，风细细，雪垂垂，何况江头路。

月边疏影，梦到消魂处。结子欲黄时，又须作、廉纤细雨。孤芳一世，供断有情愁，消瘦损，东阳也，试问花知否。

咏梅之诗词夥矣。此调佳处，在不用侔色揣称及譬喻衬托，而纯在空处提笔描写，梅花品格之清高与赏梅者情怀之伊郁，于上下阕后数句见之。结句沈腰瘦尽，惟有花知，而故以问花作结，具见词笔之生动。

蒋元龙 一首

好事近

叶暗乳鸦啼，风定老红犹落。胡蝶不随春去，入熏风池阁。休歌金缕劝金卮，酒病煞如昨。帘卷日长人静，任杨花飘泊。

当春尽花飞，依然病酒，而绝不作伤春语，如诵渊明诗，气静神恬，令人意远。

程过 一首

满江红 梅

春欲来时，长是与、江梅有约。还又向、竹林疏处，一枝开却。对酒渐惊身老大，看花应念人离索。但十分、沉醉祝东君，长如昨。　芳草渡，孤舟泊。山敛黛，天垂幕。黯消魂无奈，暮云残角。便好折来和雪戴，莫教酒醒随风落。待殷勤、留此寄相思，谁堪托。

宋名家词咏梅之作，每情景兼写，此词自“对酒”句以下，感怀之意，多于咏梅。下阕“暮云残角”句以下，人与梅合写，低回咏叹，格调清逸。

房舜卿　一首

秦楼月

与君别。相思一夜梅花发。梅花发。凄凉南浦，断桥斜月。　盈盈微步凌波袜。东风笑倚天涯阔。天涯阔。一声羌管，暮云愁绝。

因梅花而怨别。“断桥”与“凌波”句临水看花，乃上下阕联络处。“羌管”句以落梅曲承上梅花，兼含离思。

李玉　一首

贺新郎　春情

篆缕消金鼎。醉沉沉、庭阴转午，画堂人静。芳草王孙知何处，惟有杨花糁径。渐玉枕、腾腾春醒。帘外残红春已透，镇无聊、殢酒厌厌病。云鬓乱，未忺整。　江南旧事休重省。遍天涯、寻消问息，断鸿难倩。月满西楼凭阑久，依旧归期未定。又只恐、瓶沉金井。嘶骑不来银烛暗，枉教人、立尽梧桐影。谁伴我，对鸾镜。

上阕咏中，酒凡三见。后幅“嘶骑”四句善写离怀，盖醉后怀人，托诸绮思也。李玉词极少见，黄玉林云：“风流蕴藉，尽此篇矣。”

杨无咎 一首

齐天乐 和周美成韵

后堂芳树阴阴见。疏蝉又还催晚。燕守朱门，萤黏翠幕，纹蜡啼红慵剪。纱帏半卷。记云弹瑶山，粉融珍簟。睡起援毫，戏题新句漫盈卷。 睽离鳞雁顿阻，似闻频念我，愁绪无限。瑞鸭香消，铜壶漏永，谁惜无眠展转。蓬山恨远。想月好风清，酒登琴荐。一曲高歌，为谁眉黛敛。

画梅始于五代，皆着色而俪以禽鸟。至逃禅翁，始以水墨作花，遂雅逸出群，世称江西墨梅，至今片纸兼金，为画苑秘宝。遗词一卷，选家多未登录。此词和清真意境略似，其绵丽工炼，则颇似梦窗。思陵闻其名，欲见之，竟不可得，其品节甚高也。

国家新闻出版广电总局
首届向全国推荐中华优秀传统文化普及图书

大家小书书目

国学救亡讲演录	章太炎　著　蒙　木　编
门外文谈	鲁　迅　著
经典常谈	朱自清　著
语言与文化	罗常培　著
习坎庸言校正	罗　庸　著　杜志勇　校注
鸭池十讲（增订本）	罗　庸　著　杜志勇　编订
古代汉语常识	王　力　著
国学概论新编	谭正璧　编著
文言尺牍入门	谭正璧　著
日用交谊尺牍	谭正璧　著
敦煌学概论	姜亮夫　著
训诂简论	陆宗达　著
金石丛话	施蛰存　著
常识	周有光　著　叶　芳　编
文言津逮	张中行　著
经学常谈	屈守元　著
国学讲演录	程应镠　著
英语学习	李赋宁　著
中国字典史略	刘叶秋　著
语文修养	刘叶秋　著
笔祸史谈丛	黄　裳　著
古典目录学浅说	来新夏　著
闲谈写对联	白化文　著
汉字知识	郭锡良　著
怎样使用标点符号（增订本）	苏培成　著
汉字构型学讲座	王　宁　著

诗境浅说	俞陛云　著
唐五代词境浅说	俞陛云　著
北宋词境浅说	俞陛云　著
南宋词境浅说	俞陛云　著
人间词话新注	王国维　著　滕咸惠　校注
苏辛词说	顾　随　著　陈　均　校
诗论	朱光潜　著
唐五代两宋词史稿	郑振铎　著
唐诗杂论	闻一多　著
诗词格律概要	王　力　著
唐宋词欣赏	夏承焘　著
槐屋古诗说	俞平伯　著
词学十讲	龙榆生　著
词曲概论	龙榆生　著
唐宋词格律	龙榆生　著
楚辞讲录	姜亮夫　著
读词偶记	詹安泰　著
中国古典诗歌讲稿	浦江清　著 浦汉明　彭书麟　整理
唐人绝句启蒙	李霁野　著
唐宋词启蒙	李霁野　著
唐诗研究	胡云翼　著
风诗心赏	萧涤非　著　萧光乾　萧海川　编
人民诗人杜甫	萧涤非　著　萧光乾　萧海川　编
唐宋词概说	吴世昌　著
宋词赏析	沈祖棻　著
唐人七绝诗浅释	沈祖棻　著
道教徒的诗人李白及其痛苦	李长之　著
英美现代诗谈	王佐良　著　董伯韬　编
闲坐说诗经	金性尧　著
陶渊明批评	萧望卿　著

古典诗文述略	吴小如　著
诗的魅力	
——郑敏谈外国诗歌	郑　敏　著
新诗与传统	郑　敏　著
一诗一世界	邵燕祥　著
舒芜说诗	舒　芜　著
名篇词例选说	叶嘉莹　著
汉魏六朝诗简说	王运熙　著　董伯韬　编
唐诗纵横谈	周勋初　著
楚辞讲座	汤炳正　著
	汤序波　汤文瑞　整理
好诗不厌百回读	袁行霈　著
山水有清音	
——古代山水田园诗鉴要	葛晓音　著
红楼梦考证	胡　适　著
《水浒传》考证	胡　适　著
《水浒传》与中国社会	萨孟武　著
《西游记》与中国古代政治	萨孟武　著
《红楼梦》与中国旧家庭	萨孟武　著
《金瓶梅》人物	孟　超　著　张光宇　绘
水泊梁山英雄谱	孟　超　著　张光宇　绘
水浒五论	聂绀弩　著
《三国演义》试论	董每戡　著
《红楼梦》的艺术生命	吴组缃　著　刘勇强　编
《红楼梦》探源	吴世昌　著
《西游记》漫话	林　庚　著
史诗《红楼梦》	何其芳　著
	王叔晖　图　蒙　木　编
细说红楼	周绍良　著
红楼小讲	周汝昌　著　周伦玲　整理

曹雪芹的故事	周汝昌 著 周伦玲 整理
古典小说漫稿	吴小如 著
三生石上旧精魂——中国古代小说与宗教	白化文 著
《金瓶梅》十二讲	宁宗一 著
中国古典小说十五讲	宁宗一 著
古体小说论要	程毅中 著
近体小说论要	程毅中 著
《聊斋志异》面面观	马振方 著
《儒林外史》简说	何满子 著
我的杂学	周作人 著 张丽华 编
写作常谈	叶圣陶 著
中国骈文概论	瞿兑之 著
谈修养	朱光潜 著
给青年的十二封信	朱光潜 著
论雅俗共赏	朱自清 著
文学概论讲义	老舍 著
中国文学史导论	罗庸 著 杜志勇 辑校
给少男少女	李霁野 著
古典文学略述	王季思 著 王兆凯 编
古典戏曲略说	王季思 著 王兆凯 编
鲁迅批判	李长之 著
唐代进士行卷与文学	程千帆 著
说八股	启功 张中行 金克木 著
译余偶拾	杨宪益 著
文学漫识	杨宪益 著
三国谈心录	金性尧 著
夜阑话韩柳	金性尧 著
漫谈西方文学	李赋宁 著
历代笔记概述	刘叶秋 著

周作人概观	舒　芜　著
古代文学入门	王运熙　著　董伯韬　编
有琴一张	资中筠　著
中国文化与世界文化	乐黛云　著
新文学小讲	严家炎　著
回归，还是出发	高尔泰　著
文学的阅读	洪子诚　著
中国文学1949—1989	洪子诚　著
鲁迅作品细读	钱理群　著
中国戏曲	么书仪　著
元曲十题	么书仪　著
唐宋八大家——古代散文的典范	葛晓音　选译
辛亥革命亲历记	吴玉章　著
中国历史讲话	熊十力　著
中国史学入门	顾颉刚　著　何启君　整理
秦汉的方士与儒生	顾颉刚　著
三国史话	吕思勉　著
史学要论	李大钊　著
中国近代史	蒋廷黻　著
民族与古代中国史	傅斯年　著
五谷史话	万国鼎　著　徐定懿　编
民族文话	郑振铎　著
史料与史学	翦伯赞　著
秦汉史九讲	翦伯赞　著
唐代社会概略	黄现璠　著
清史简述	郑天挺　著
两汉社会生活概述	谢国桢　著
中国文化与中国的兵	雷海宗　著
元史讲座	韩儒林　著

魏晋南北朝史稿	贺昌群　著
汉唐精神	贺昌群　著
海上丝路与文化交流	常任侠　著
中国史纲	张荫麟　著
两宋史纲	张荫麟　著
北宋政治改革家王安石	邓广铭　著
从紫禁城到故宫 ——营建、艺术、史事	单士元　著
春秋史	童书业　著
明史简述	吴　晗　著
朱元璋传	吴　晗　著
明朝开国史	吴　晗　著
旧史新谈	吴　晗　著　习　之　编
史学遗产六讲	白寿彝　著
先秦思想讲话	杨向奎　著
司马迁之人格与风格	李长之　著
历史人物	郭沫若　著
屈原研究（增订本）	郭沫若　著
考古寻根记	苏秉琦　著
舆地勾稽六十年	谭其骧　著
魏晋南北朝隋唐史	唐长孺　著
秦汉史略	何兹全　著
魏晋南北朝史略	何兹全　著
司马迁	季镇淮　著
唐王朝的崛起与兴盛	汪　篯　著
南北朝史话	程应镠　著
二千年间	胡　绳　著
论三国人物	方诗铭　著
辽代史话	陈　述　著
考古发现与中西文化交流	宿　白　著
清史三百年	戴　逸　著

清史寻踪	戴　逸　著
走出中国近代史	章开沅　著
中国古代政治文明讲略	张传玺　著
艺术、神话与祭祀	张光直　著 刘　静　乌鲁木加甫　译
中国古代衣食住行	许嘉璐　著
辽夏金元小史	邱树森　著
中国古代史学十讲	瞿林东　著
历代官制概述	瞿宣颖　著
宾虹论画	黄宾虹　著
中国绘画史	陈师曾　著
和青年朋友谈书法	沈尹默　著
中国画法研究	吕凤子　著
桥梁史话	茅以升　著
中国戏剧史讲座	周贻白　著
中国戏剧简史	董每戡　著
西洋戏剧简史	董每戡　著
俞平伯说昆曲	俞平伯　著　陈　均　编
新建筑与流派	童　寯　著
论园	童　寯　著
拙匠随笔	梁思成　著　林　洙　编
中国建筑艺术	梁思成　著　林　洙　编
沈从文讲文物	沈从文　著　王　风　编
中国画的艺术	徐悲鸿　著　马小起　编
中国绘画史纲	傅抱石　著
龙坡谈艺	台静农　著
中国舞蹈史话	常任侠　著
中国美术史谈	常任侠　著
说书与戏曲	金受申　著
世界美术名作二十讲	傅　雷　著

中国画论体系及其批评	李长之　著
金石书画漫谈	启　功　著　赵仁珪　编
吞山怀谷 ——中国山水园林艺术	汪菊渊　著
故宫探微	朱家溍　著
中国古代音乐与舞蹈	阴法鲁　著　刘玉才　编
梓翁说园	陈从周　著
旧戏新谈	黄　裳　著
民间年画十讲	王树村　著　姜彦文　编
民间美术与民俗	王树村　著　姜彦文　编
长城史话	罗哲文　著
天工人巧 ——中国古园林六讲	罗哲文　著
现代建筑奠基人	罗小未　著
世界桥梁趣谈	唐寰澄　著
如何欣赏一座桥	唐寰澄　著
桥梁的故事	唐寰澄　著
园林的意境	周维权　著
万方安和 ——皇家园林的故事	周维权　著
乡土漫谈	陈志华　著
现代建筑的故事	吴焕加　著
中国古代建筑概说	傅熹年　著
简易哲学纲要	蔡元培　著
大学教育	蔡元培　著 北大元培学院　编
老子、孔子、墨子及其学派	梁启超　著
春秋战国思想史话	嵇文甫　著
晚明思想史论	嵇文甫　著
新人生论	冯友兰　著

中国哲学与未来世界哲学	冯友兰　著
谈美	朱光潜　著
谈美书简	朱光潜　著
中国古代心理学思想	潘　菽　著
新人生观	罗家伦　著
佛教基本知识	周叔迦　著
儒学述要	罗　庸　著　杜志勇　辑校
老子其人其书及其学派	詹剑峰　著
周易简要	李镜池　著　李铭建　编
希腊漫话	罗念生　著
佛教常识答问	赵朴初　著
维也纳学派哲学	洪　谦　著
大一统与儒家思想	杨向奎　著
孔子的故事	李长之　著
西洋哲学史	李长之　著
哲学讲话	艾思奇　著
中国文化六讲	何兹全　著
墨子与墨家	任继愈　著
中华慧命续千年	萧萐父　著
儒学十讲	汤一介　著
汉化佛教与佛寺	白化文　著
传统文化六讲	金开诚　著　金舒年　徐令缘　编
美是自由的象征	高尔泰　著
艺术的觉醒	高尔泰　著
中华文化片论	冯天瑜　著
儒者的智慧	郭齐勇　著
中国政治思想史	吕思勉　著
市政制度	张慰慈　著
政治学大纲	张慰慈　著
民俗与迷信	江绍原　著　陈泳超　整理

政治的学问	钱端升 著 钱元强 编
从古典经济学派到马克思	陈岱孙 著
乡土中国	费孝通 著
社会调查自白	费孝通 著
怎样做好律师	张思之 著 孙国栋 编
中西之交	陈乐民 著
律师与法治	江 平 著 孙国栋 编
中华法文化史镜鉴	张晋藩 著
新闻艺术（增订本）	徐铸成 著
经济学常识	吴敬琏 著 马国川 编
中国化学史稿	张子高 编著
中国机械工程发明史	刘仙洲 著
天道与人文	竺可桢 著 施爱东 编
中国医学史略	范行准 著
优选法与统筹法平话	华罗庚 著
数学知识竞赛五讲	华罗庚 著
中国历史上的科学发明（插图本）	钱伟长 著

出版说明

“大家小书”多是一代大家的经典著作，在还属于手抄的著述年代里，每个字都是经过作者精琢细磨之后所拣选的。为尊重作者写作习惯和遣词风格、尊重语言文字自身发展流变的规律，为读者提供一个可靠的版本，“大家小书”对于已经经典化的作品不进行现代汉语的规范化处理。

提请读者特别注意。

北京出版社